TERROR NO INFERNO VERDE
-FLAVIO COLIN-

TERROR NO INFERNO VERDE

Esta obra é uma ficção. Reiteramos que o objetivo desta não é o de promover a discriminação de qualquer classe e espécie. As expressões usadas, as situações vividas e retratadas aqui foram mantidas em respeito ao autor.

Roteiros: **Flavio Colin** e **Aporeyma**
Arte e letras: **Flavio Colin**
Fotos: **acervo da família de Flavio Colin**
Curadoria da obra de Flavio Colin: **Ivan Freitas da Costa - OmniBuzz**
Preparação de texto: **Daniel Lopes** e **Rodrigo Guerrino**
Design da capa: **Guilherme Barata**
Digitalização de arquivos: **Fabio Gomes Moraes**
Diagramação: **Arion Wu**
Revisão: **Audaci Junior**
Editor: **Rodrigo Guerrino**
Editor sênior: **Daniel Lopes**
Direção editorial: **Alexandre Callari**, **Bruno Zago** e **Daniel Lopes**
Impressão e acabamento: **Ipsis Gráfica**

Setembro de 2021

Dados Internacionais de Catalogação na Publicação (CIP)

C696t Colin, Flavio
Terror no inferno verde / Flavio Colin. – São Paulo : Pipoca & Nanquim, 2021.
220 p. : il.
ISBN: 978-65-89912-45-3
1. Histórias em quadrinhos. I. Título.
CDD: 741.5
CDU: 741.5

André Queiroz – CRB-4/2242

pipocaenanquim.com.br
youtube.com/pipocaenanquim
instagram.com/pipocaenanquim
pipocaenanquim@gmail.com

Sumário

Introdução ... 6
Histórias em quadrinhos: o bem e o mal de Flavio Colin ... 8
Honorato ... 16
Já Leu Dickens? ... 31
Filho do Urso ... 49
A Arca ... 62
O Caso dos Dez Negrinhos ... 66
O Lunático ... 71
Os Minatá-Karaiá ... 75
A Terceira Arca ... 79
Praga de Urubu ... 97
Viu a Caveira? ... 105
O Passeio da Peste ... 114
Terror no Inferno Verde ... 130
Porcos ... 141
José, Maria ... 154
Teimosia ... 165
O Banquete ... 170
Vai e Vem ... 182
Joaquim, o Magnífico ... 190
Fadas, Fados e... ... 198
Depoimentos ... 211

Introdução

É impossível devotar qualquer tipo de sentimento a uma obra dedicada a Flavio Colin que não tenha a ver com agradecimento. Se lê-la já é um privilégio, imagine produzi-la. Não é todo dia que se consegue publicar material de um autor imortal como Colin. E sair dessa experiência da mesma forma que entrou é ainda mais raro. São tantas qualidades, tantas possibilidades, tantas viagens...

Olhando para esta pequena amostra de trabalhos que conseguimos reunir aqui, ínfima se considerarmos toda contribuição que o autor prestou à trajetória das histórias em quadrinhos no Brasil, o que se torna bastante óbvio é que Colin poderia ter se destacado como quadrinista em qualquer mercado, fosse ele europeu, estadunidense, asiático ou o que o valha. Toda sua técnica e seu estilo pessoal inconfundíveis já estavam lá, desde o início, lapidados a cada nova empreitada. Felizmente, para nós, ele nasceu brasileiro e aqui se agigantou, envolvendo-se ao longo de sua carreira nos projetos mais diversificados e inusitados possíveis.

O fato de ter nascido no Brasil, porém, também significa que seu reconhecimento foi tardio — sina essa, ironicamente, partilhada pela maioria de seus pares. Assim como estes, Colin nunca pôde viver apenas dos rendimentos que os quadrinhos lhe proporcionavam, tendo que buscar sustento em trabalhos paralelos no ramo da publicidade e da ilustração, por exemplo. Tanto amor e tão pouco retorno financeiro do ofício que mais amava... Uma contradição, de fato.

Mas é preciso dizer que a remuneração, de costume muito longe de estar à altura de seu talento, jamais o levou em algum momento a produzir com menos afinco, simplesmente para cumprir prazos. O que se vê em sua produção é um artista completo, pronto e obstinado que encantou gerações e inspirou muitas outras com seu traço ímpar e habilidades que enchem os olhos de qualquer um.

Uma coisa é certa: nunca é tarde para conhecer ou redescobrir Flavio Colin, como você mesmo pode confirmar nas próximas páginas.

Boa leitura!

Os editores

Histórias em quadrinhos: o bem e o mal de Flavio Colin

“Praticamente, minha única e verdadeira alegria com relação às histórias em quadrinhos limita-se às horas que passo na prancheta. Depois começam os problemas”*, confidenciou certa vez Flavio Colin. Este depoimento sincero foi a síntese da relação que o grande artista teve com o que mais amava fazer. Colin foi um lutador incansável e, também, um sonhador. Defendia com garra as coisas do Brasil e achava que os quadrinhos importados, principalmente dos Estados Unidos, não deixavam o mercado brasileiro se desenvolver de forma justa. Para ele, os *comics* chegavam aos editores num valor muito baixo, e isso sufocava muitas tentativas de se criar material nacional de qualidade.

A luta para valorizar os temas brasileiros na produção de quadrinhos nacionais e o sonho de um dia poder viver e se sustentar dessa arte nortearam a sua vida.

Flavio Barbosa Mavignier Colin nasceu no dia 22 de junho de 1930, no Rio de Janeiro, então capital do Brasil. Multitalentoso, foi ilustrador, publicitário, escultor, pintor e quadrinista — esta, sim, sua grande paixão. Fez o curso ginasial no Colégio São José, na época, um importante internato administrado por frades Franciscanos em Porto União, cidade do interior de Santa Catarina. Um deles, Frei Canísio, foi de fundamental importância em sua trajetória como desenhista. Ele era um alemão austero, calvo, dinâmico e multitarefa: cantava no coro da igreja como barítono, era arquiteto, estudava violino, ensinava inglês e desenho no colégio, e era um exímio desenhista, com apurada técnica acadêmica e um traço firme e primoroso, como relembrou Colin num depoimento em 1997, continuando a descrevê-lo: “Frei Canísio pintava a óleo muito bem, especialmente retratos; dominava com brilho a aquarela, o pastel, o crayon; e construía maquetes de castelos medievais com incrível perfeição”.

Colin lembrava dele com muito carinho porque “era muito severo e exigente, principalmente comigo, pois percebera o meu incipiente talento para o desenho”, concluiu. Mas nem sempre foi assim. Colin e Frei Canísio viviam às turras porque este detestava histórias em quadrinhos e, sempre que encontrava algum aluno com uma dessas revistas, a rasgava em pedacinhos e resmungava: “Gíbis! Gíbis! Porcaria!”, assim mesmo, com a primeira sílaba mais forte graças ao seu sotaque germânico.

O problema é que o garoto Colin adorava desenhar histórias em quadrinhos já naquele tempo. E as vendia para os amigos, que se divertiam lendo as aventuras, muitas delas de faroeste, que ele criava com esmero. Mas tinham que ler escondidos do temerário frei que rasgava “gíbis”, caso contrário, o fim era conhecido. Isso aconteceu durante todos os anos em que Colin esteve internado no Colégio São José. Mas, no ano em que concluiu o curso colegial,

(*) As citações do artista apresentadas neste prefácio, exceto quando indicado, foram extraídas do texto “Colin por ele mesmo”, publicado em *Caraíba* (Editora Desiderata, 2007). – N. dos E.

houve, como de costume, uma festa para os formandos que iriam deixar a instituição, com banquete, discursos entusiasmados e um baile de gala. No dia seguinte, Colin foi se despedir de seus professores e cumprimentou todos eles, mas um em especial foi significativo e o marcou para toda a vida. Ele sempre relembrou emocionado da hora em que se aproximou de Frei Canísio e ouviu as seguintes palavras:

"Flavio, você vai desenhar 'gíbis', mas não pense que 'gíbis' são essas porcarias que você faz. Desenhar 'gíbis' é muito difícil! Você precisa aprender bastante desenho, estudar anatomia, perspectiva, desenhar animais, paisagens, tudo! E você precisa viajar, conhecer o mundo! Se não puder viajar, leia bastante!"

Foi um momento tocante. Finalmente, o severo frei mostrava ao aluno o quanto ele era importante e quão belo poderia ser o seu futuro profissional, se trilhasse o caminho da excelência. E Colin o fez.

No Rio, o começo profissional

Em 1948, Flavio Colin finalmente retornou à sua cidade natal e passou a morar com o seu tio César, que vivia numa confortável casa situada na rua Sorocaba, em Botafogo. Estava prestes a fazer 18 anos e a época de servir no Exército se aproximava, até que, em março de 1949, ele foi incorporado ao serviço militar.

Nesse meio-tempo, conheceu Norma, uma simpática garota de ascendência espanhola que morava em frente à casa de seu tio e por quem acabou se apaixonando. Depois de alguns anos de namoro e noivado, o casal decidiu se casar, em julho de 1955.

Oito meses depois, em 14 de março de 1956, aos 25 anos, Colin realizou um de seus maiores sonhos: trabalhar como desenhista de HQs em uma grande editora. Seu primeiro emprego com carteira assinada nessa área foi na Rio Gráfica e Editora (RGE, atual Editora Globo), a casa editorial fundada por Roberto Marinho, dono do jornal *O Globo*, em 1952, depois de experimentar enorme sucesso com a publicação de *O Globo Juvenil*, suplemento de quadrinhos lançado em 12 de junho de 1937.

Capa do primeiro livro ilustrado por Colin. A história é de Vicente Guimarães, tio do escritor Guimarães Rosa.

O seu salário não era, de fato, muito bom. Em sua carteira de trabalho ele fora registrado com 3.861 cruzeiros, praticamente o mesmo valor do salário-mínimo em agosto de 1956, que era de 3.800 cruzeiros. Mas, naquele ambiente muito descontraído, Colin pôde trabalhar com notáveis mestres do traço, num amplo andar onde desenhistas conviviam com revisores, montadores e roteiristas. Entre seus colegas, estavam nomes como o do jovem Walmir Amaral — conhecido como "Kid Russo" —, Getulio Delphim, José Menezes, Evaldo, Benício — o grande ilustrador que mais tarde se tornaria famoso por criar vários cartazes para o cinema nacional —, e Gutemberg Monteiro, que logo se mudaria para os Estados Unidos e faria carreira desenhando diversos personagens do mercado norte-americano, como *Tom & Jerry*.

Flavio Colin começou na RGE desenhando para as revistas *X-9*, *Enciclopédia em Quadrinhos*, *Cavaleiro Negro* e *Águia Negra*. Como *freelancer*, fazia ilustrações para *O Globo* e para a prestigiada revista *O Cruzeiro*, de Assis Chateaubriand. Nessa época, também fez quadrinhos de guerra para a revista *Coleção de Aventuras: Força Expedicionária Brasileira*, da Editora Garimar.

Um Anjo em sua carreira

No fim de 1958, durante uma reunião na sala de Djalma Sampaio, diretor de redação da RGE, Flavio Colin recebeu uma das mais promissoras notícias de sua carreira: ele fora escolhido para adaptar para os quadrinhos a série de enorme sucesso da Rádio Nacional, *As Aventuras do Anjo*, de Álvaro Aguiar.

Líder de audiência, essa radionovela fazia com que milhões de brasileiros acompanhassem pelas ondas do rádio os eletrizantes episódios do excêntrico milionário americano que combatia o crime. E Flavio Colin era uma dessas pessoas. Fã declarado do seriado, ele sugeriu que, nos quadrinhos, as aventuras do Anjo se passassem no Brasil, mudança que Álvaro Aguiar se opôs, mas acabou por ceder mediante a pressão da direção da RGE. Num primeiro momento, Aguiar também não simpatizou com a figura que Colin criou para seu personagem, mas novamente foi voto vencido dentro da editora.

Anjo, o famoso personagem do rádio, ajudou a consolidar a carreira de Colin quando foi adaptado para as histórias em quadrinhos.

Isso demonstrou o quanto Colin já era considerado um desenhista maduro, completo, reconhecido entre seus pares e respeitado pela direção da empresa, que apostou no seu inegável talento para um projeto tão importante. E essa série marcou definitivamente a carreira do artista, que realizou um de seus melhores trabalhos ao adaptá-la.

Quando o primeiro número de *Aventuras do Anjo* foi lançado, em maio de 1959, trouxe a história *O Mistério do Circo*. Publicada mensalmente, a revista se transformou num enorme sucesso e colocou o nome de Colin em destaque no mercado de quadrinhos brasileiro. Os trabalhos como *freelancer* começaram a aumentar e isso fez com que ele tomasse uma decisão ousada no início de 1960: pedir demissão da RGE para se dedicar aos diversos projetos de quadrinhos que estavam surgindo. E assim, no dia 4 de março daquele ano, Flavio Colin se tornou oficialmente um ex-funcionário da editora, mas continuava a desenhar *Aventuras do Anjo* como prestador de serviços. Sua participação no projeto perdurou até a edição 43, publicada em novembro de 1963. Outros desenhistas assumiram a publicação e a revista teve 74 números.

Página de abertura de uma das histórias da revista *Aventuras do Anjo*. No total, Colin desenhou 43 números.

Nesse meio-tempo, Flavio Colin fez para a recém-fundada Editora Outubro, de São Paulo, *O Vigilante Rodoviário*, outra adaptação para os quadrinhos, mas, desta vez, de uma célebre série de televisão. A editora, que se tornou um reduto para as HQs nacionais, publicou muitos trabalhos de Colin, como a adaptação do filme *Os Brutos Também Amam*, para a estreia do título *Clássicos do Faroeste*, revista com histórias baseadas em filmes que fizeram sucesso no cinema.

Foi nessa casa editorial, que pertencia a dois notórios nomes do mercado de quadrinhos — Miguel Penteado e Jayme Cortez —, que se deu o primeiro contato de Colin com histórias de terror, e elas abriram seu horizonte para uma nova experiência criativa. "O ambiente dessa editora era ótimo, quase uma confraternização permanente entre todos os colaboradores, com total liberdade de criação", revelou Colin numa entrevista publicada no excelente *O Grande Livro do Terror!*, lançado em 1978 pela Editora Argos. "Aliado ao grande sucesso que as histórias de terror vinham fazendo naquela época, deu oportunidade para que a gente usasse a criatividade ao máximo", complementou. Foi uma época de crescimento profissional e de muito trabalho.

Capa da primeira edição de *O Vigilante Rodoviário*, mais um personagem notório que, nos quadrinhos, foi desenhado por Colin.

O grande sonho

Ferrenho defensor da nacionalização dos quadrinhos no Brasil, Colin viu com muita esperança o movimento que o experiente desenhista carioca José Geraldo encabeçou no início dos anos 1960. Apadrinhado pelo então governador do Rio Grande do Sul, Leonel Brizola, fundou em fevereiro de 1962 a Cooperativa Editora de Trabalhos de Porto Alegre (Cetpa), que funcionaria como uma editora especializada na publicação e distribuição de histórias totalmente produzidas no Brasil, com temas brasileiros.

Juntaram-se a José Geraldo alguns dos mais importantes desenhistas e roteiristas do país, como Getulio Delphim, Renato Canini, João Mottini, Luiz Saindenberg, Julio Shimamoto, Anibal Bendati, Flavio Luiz Teixeira, Carlos Freitas e Hamilton Chaves, para citar alguns. É claro que Colin foi um dos principais nomes do movimento. Coube a ele um personagem histórico, de venerável importância na história do Rio Grande, o indígena Sepé Tiaraju, que, ao lado de Aba Larga, Zé Candango, Piazito e muitos outros personagens, levantaram a bandeira da HQ nacional a partir da Região Sul.

Arte interna de uma das edições de *O Vigilante Rodoviário*.

Mas o idealismo sofreu um monumental revés. No fim de 1963, a Cetpa enfrentava colossais dificuldades para distribuir suas revistas, e o agitado momento político brasileiro só piorou a situação dos artistas engajados no movimento. Com o golpe militar de 1964, eles foram marginalizados por estarem profundamente ligados a Brizola, um dos maiores perseguidos pelo regime que passou a vigorar a partir de então.

Enfim, a publicidade

Esse fato se tornou uma enorme decepção para Colin, que não tinha mais trabalho em 1964 e acabou aceitando o cargo de desenhista na TV Rio, uma importante emissora de televisão. Poucos meses depois, ele receberia um convite para trabalhar na McCann-Erickson, uma das mais conceituadas agências de publicidade da época. Foi o início de uma nova fase em sua vida. Distante das histórias em quadrinhos, que tanto amava fazer, mas com uma excelente remuneração, totalmente diferente dos pífios valores que recebia das editoras em que publicava.

Um dos trabalhos institucionais do Banco Bamerindus, referente ao período em que Flavio Colin se dedicou à publicidade.

Mas, antes de abandonar de vez os quadrinhos, Colin topou criar um personagem a pedido de Mauricio de Sousa, e assim surgiu *Vizunga*, que era desenhado em formato de tiras e foi uma de suas obras-primas. O objetivo era distribuir a tira em diversos jornais do país, aproveitando a estrutura que a empresa de Mauricio já havia criado em torno de seus personagens infantis.

Vizunga foi um dos trabalhos que mais deu satisfação a Colin, por causa de toda pesquisa que ele tinha que fazer para desenvolver as histórias desse personagem que viveu aventuras mirabolantes em viagens exóticas quando jovem. Mas também foi uma HQ cujo pagamento era "praticamente simbólico", como confessou Colin certa vez. Com muito trabalho em publicidade, e finalmente recebendo um salário compatível com o seu talento, os quadrinhos foram abandonados. Pelo menos, por um período.

Em 1966, Colin foi contratado como ilustrador pela conceituada Denison Propaganda, agência onde passou doze anos prósperos.

A pedido de Mauricio de Sousa, pai da Turma da Mônica, Colin desenvolveu a série de tiras de jornal *Vizunga*.

O retorno aos quadrinhos

No final da década de 1970, as HQs brasileiras começaram a experimentar uma nova era de ouro, com a decisão da Editora Vecchi de aumentar consideravelmente a produção de quadrinhos nacionais depois do surgimento da cultuada revista *Spektro*, capitaneada por Ota Assunção e hoje considerada uma das melhores publicações do gênero já editadas no país. A recém-fundada Grafipar, uma editora de Curitiba, também causou furor ao lançar diversas revistas com conteúdo nacional, e até a Bloch Editores lançava títulos de terror depois de seu fracasso publicando de forma amadora os personagens da Marvel.

Bom para o mercado, esse movimento revigorante foi péssimo para a carreira de Flavio Colin, porque o canto da sereia dos quadrinhos nacionais voltaria a seduzi-lo. O amigo e vultoso quadrinista Julio Shimamoto o levou a uma reunião com Ota, na Vecchi, da qual os dois saíram radiantes visto as oportunidades abertas pela editora.

Empolgado com a possibilidade de novamente trabalhar com o que mais amava, Colin decidiu pedir demissão da Denison Propaganda e largar definitivamente a sua ocupação com publicidade em 1978. A ilusão de um dia poder viver de quadrinhos havia vencido a razão e até parte de sua família foi contra a decisão dele. Mais tarde, Colin confessaria que deixar a publicidade e retornar para os quadrinhos "foi um desastre financeiro e moral".

Arte original da capa de *Os Estranhos Hóspedes do Hotel Nicanor*.

Mas, no fim dos anos 1970, os quadrinhos nacionais voltaram a vender bem e o panorama era animador, portanto, em 1978, ao mesmo tempo em que ele passou a colaborar com a Vecchi, participou da coletânea *O Grande Livro do Terror!*, álbum que republicou histórias de importantes desenhistas do gênero. Para ele, Colin concedeu uma extensa entrevista e produziu uma HQ inédita.

Nesse período, Flavio Colin trabalhou com os mais diversos gêneros, de personagens gaúchos a cangaceiros; de histórias eróticas — uma especialidade da Grafipar — às de terror, que fazia para a Vecchi, como a elogiada *Os Estranhos Hóspedes do Hotel Nicanor*. Fez também algumas histórias do Lobisomem para a Bloch. Era tudo o que ele queria: desenhar o Brasil!

Além disso, Colin retornou para os quadrinhos com um importante diferencial. Sua passagem pela publicidade o ajudou a refinar e definir o seu estilo, dando a seu traço um vigor tão expressivo que o leitor simplesmente se entrega ao deleite visual de cada painel criado pelo artista. Sua técnica repleta de detalhes pode tornar uma cena delicada no mais profundo horror, indo do humor caricato a uma situação dramática e angustiante sem perder o impacto.

A partir dos primeiros anos da década de 1980, a Vecchi e a Grafipar entraram em declínio e fecharam as portas. O mercado se retraiu novamente e Colin começou a viver mais um período de dificuldades, voltando a fazer trabalhos esporádicos para publicidade. Nessa época, passou a colaborar para a Editora D-Arte, do amigo Rodolfo Zalla, que publicava com imenso esforço as revistas *Calafrio* e *Mestres do Terror*.

Em 1985, Colin lançou *A Guerra dos Farrapos*, uma edição especial em formatinho (13 x 21 cm), com 80 páginas, patrocinada pela empresa Ipiranga Produtos de Petróleo, que imprimiu 130 mil exemplares para distribuição em comemoração aos 150 anos da Revolução Farroupilha. Essa história seria relançada num álbum de luxo em formato *magazine* pela gaúcha L&PM. Em 1987, a editora repetiu a parceria com a Ipiranga, e Flavio Colin fez a adaptação de *O Continente do Rio Grande*, da obra de Barbosa Lessa. No mesmo ano, Colin recebeu o Prêmio Angelo Agostini na categoria Mestre do Quadrinho Nacional. No final dessa década, passou a ilustrar livros paradidáticos para a Editora Ibep, de São Paulo.

A ilustração de livros didáticos também fez parte da carreira de Flavio Colin.

Enfrentando muitos problemas pessoais, os anos de 1990 começaram com raras oportunidades de trabalho, mas, em 1991, seu talento foi reconhecido mais uma vez, quando ele foi agraciado com o Troféu HQMIX na categoria Grande Mestre. Com o mercado em grave crise e o Brasil à beira da hiperinflação, o ex-editor da Vecchi, Ota Assunção, procurava incluir os nomes de Colin e Shimamoto em projetos editoriais de que estava à frente. Foi assim na Editora Record, com a nova fase da revista *Mad*, e na Ediouro, com algumas tentativas de publicar revistas de terror. Entretanto, isso apenas amenizava sua penúria.

No fim de 1993, Colin finalizou a história de Ataíde Braz, *Mulher-Diaba no Rastro de Lampião*, que a Editora Nova Sampa publicou no início de 1994. Esse álbum rendeu aos seus autores o Prêmio Angelo Agostini na categoria Lançamento e o Troféu HQMIX na categoria Graphic Novel Nacional. Em 1996, participou do álbum *Brasilian Heavy Metal* (escrito com "s" mesmo) e, no ano seguinte, publicou *O Boi das Aspas de Ouro*.

Os trabalhos ficaram mais escassos e Colin, cada vez mais triste, achou que seu nome não seria mais lembrado. Porém, certo dia, ele recebeu um pacote com a revista *Caliban* e uma carta repleta de elogios enviada por Wellington Srbek, pesquisador, roteirista de quadrinhos e altivo admirador de sua arte. Logo, os dois começaram a se corresponder e Colin passou a desenhar algumas histórias de Srbek que seriam publicadas em edições independentes.

Em 1999, foi a vez do quadrinista André Diniz oferecer outro roteiro para Colin desenhar, mas, como o valor era muito baixo, ele rejeitou a proposta, conforme conta Diniz: "Ele foi bastante gentil, mas não aceitou porque a quantia era realmente irrisória. Pediu-me desculpas e nos despedimos. Mas o fato é que um mês depois ele me contatou de novo e disse que faria a história. Isso foi maravilhoso, mas, ao mesmo tempo, melancólico, porque um artista como ele estava sem trabalho", relembra o quadrinista que publicou uma das últimas obras do mestre. O álbum era *Fawcett* e foi lançado em 2000 pela Editora Nona Arte, do próprio Diniz, que acabara de ser fundada. A obra propiciou aos dois o Prêmio Angelo Agostini na categoria Lançamento e o Troféu HQMIX na categoria Graphic Novel Nacional, ambos em 2001.

Em paralelo a isso, Colin já estava envolvido em outro projeto memorável. Wellington Srbek havia mencionado um roteiro que vinha desenvolvendo há algum tempo, cujo enredo se passava no sertão mineiro na década de 1920, e disse a Colin que não conseguia imaginar outro desenhista para realizar a obra. Repleto de causos e de elementos da cultura popular brasileira, o traço do artista era perfeito para traduzir o espírito de *Estórias Gerais*, álbum publicado pela primeira vez de forma independente em 2001 e que rendeu à dupla o Troféu HQMIX na categoria Graphic Novel Nacional no ano seguinte.

Infelizmente, desta vez Colin não teve a felicidade de comemorar o novo triunfo, falecendo no dia 13 de agosto de 2002, aos 72 anos. O garoto que sonhava com quadrinhos, amava Milton Caniff, Chester Gould, Burne Hogarth e viveu para a sua arte com tenacidade, honrou as palavras de despedida de seu mestre, Frei Canísio.

Poucos meses antes de sua morte, Colin ficava horas desenhando na prancheta de maneira intensa e acabou deixando algumas obras que foram lançadas postumamente. A editora Opera Graphica publicou, em novembro de 2002, o álbum *Filho do Urso e Outras Histórias* e, em 2003, *Mapinguari e Outras Histórias*. Ambos reúnem alguns quadrinhos já publicados e uma aventura inédita cada. Em 2006, saiu *O Curupira*, pela Pixel Media, e, no ano seguinte, foi publicado seu último trabalho: *Caraíba*, pela Desiderata, uma HQ à qual Colin se dedicou com extremo afinco e cujo tema lhe era muito caro: a preservação da Amazônia.

Colin era assim: incansável, devotado, um monstro sagrado da arte brasileira!

Francisco Ucha
Editor, desenhista, jornalista,
designer gráfico e publicitário

Defensor obstinado de temas brasileiros e do folclore nacional, Flavio Colin sempre introduziu em suas histórias situações que ocorriam nas mais diversas regiões do Brasil. A HQ *Honorato,* a seguir, tem como protagonistas o povo caboclo, o Rio Amazonas e a serpente gigante boiuna. Mavignier assina o roteiro e Colin, a arte, mas, curiosamente, ambos são a mesma pessoa.

ALTO AMAZONAS. NA BARRANCA DO RIO, ACUADO PELA FLORESTA, MORAVA UM CASAL DE SERINGUEIROS...
HONORATO
TEXTO: MAVIGNIER
ARTE: COLIN
A MULHER, MARIA JIJU, ERA UMA CABOCLA MOÇA E BONITA, MAS MUITO TRISTE...
...POIS, JÁ HÁ MUITO TEMPO CASADA COM PEDRO CARIMÃ...
...AINDA NÃO TINHA FILHOS...

VIVIA CALADA E JURURU, LAVANDO E COZINHANDO, SEM SORRIR NEM CANTAR, EM MEIO A TANTO GORJEIO DE PASSARINHO...
QUE VIDA MAIS TRISTE, CARIMÃ! ÀS VEIS, TENHO VONTADE DE ME JOGÁ NO RIO PROS JACARÉS!...
DEIXE DE BOBAGE, JIJU! A GENTE NÃO VEVE BEM, SÓ OS DOIS, AQUI SOZINHO?
É... QUE VEVE, VEVE... MAS FARTA OS FILHO! A MAIOR BELEZA DA VIDA, PRA MIM, É TER UM CASALZINHO DE FILHO!...
POIS EU NÃO ME IMPORTO! PRA QUE FILHO? BOTÁ AS CRIATURINHA NESSE MUNDÃO DOIDO, CHEIO DE PRAGA, DE GUERRA, DE MISÉRIA?
ORA, CARIMÃ! FILHO FAZ FARTA, SIM! SERVE PRA ALEGRÁ A CASA! E QUANDO CRESCE, A GENTE ENSINA ELES A TRABALHÁ PRA SER FORTE E AJUDÁ NA LUTA!
E OS CHORO? A CATAPORA? AS LUMBRIGA?
AS ERVA TÃO TODAS AÍ NO MATO PRA CURÁ TUDO! AH, EU QUERO UM FILHO! DEUS DO CÉU, ME AJUDE! ME DÊ UM FILHO! NEM QUE SEJE UMA COBRA!
COBRA?! T'ESCONJURO, MUIÉ! DEUS LHE CASTIGA!

MAS MARIA JIJU NÃO SE CONFORMAVA, INSISTINDO, INSISTINDO... QUERIA FILHOS! E A VIDINHA DO CASAL TRANSCORRIA IGUALZINHA E MODESTA, DIA APÓS DIA, NA BARRANCA DO RIO...
MARIA JIJU TRISTE, CUIDANDO DA CASA...
...E PEDRO CARIMÃ, NA ESTRADA, CORTANDO SERINGA...
ATÉ QUE UM DIA...
CARIMÃ! CARIMÃ!
QUE FOI, MUIÉ? ALGUMA ONÇA QUIS TE PEGÁ?
NÃO! NÃO! EU... EU...
EU VOU TER UM FILHO!

E ENTÃO AS CANTORIAS E OS RISOS DE MARIA JIJU RESSOARAM ALTO NAQUELES CAFUNDÓS DA SELVA, MISTURADOS AOS PIOS DA SURURINA E À ALGAZARRA DAS PIPIRAS...
PARA CARIMÃ, FOI TAMBÉM UMA ALEGRIA... JIJU FELIZ, NÃO MAIS SE LAMENTANDO PELOS CANTOS...
E OS MESES FORAM PASSANDO, DESLIZANDO SUAVES E TRANQUILOS COMO AS ÁGUAS DO GRANDE RIO...
CERTA NOITE...
PEDRO! PEDRO CARIMÃ!
HÃ? QUE FOI?
ME ACUDA! ME ACUDA! A CRIANÇA VAI NASCER! AGORA!

VIGE, MUIÉ! MECÊ PARIU DUAS COBRAS! ISSO É MARDIÇÃO! T'ESCON-JURO!
DEUS CASTIGOU MECÊ, MARIA JIJU! EU SABIA! CADÊ O FACÃO?
NÃO, CARIMÃ! PELO AMOR DE DEUS! NÃO MATE MEUS FILHOS! NÃO MATE!
FILHO? E COBRA É FILHO DE GENTE? TÁ LOUCA, JIJU? VOU MATÁ!
NÃO, CARIMÃ! POR PIEDADE! SÃO NOSSOS FILHOS!
INTÃO VÁ SORTÁ ELES NO RIO! DEPRES-SA! LÁ É QUE É LUGÁ DE COBRA! VÁ AGORA ANTES QUE EU MATE MECÊ E ELAS!

TÁ BEM, EU VÔ! MAS ANTES QUERO BATIZÁ ELES!
BATIZÁ? MAS MECÊ ENLOUQUECEU DE VEZ, MUIÉ? BATIZÁ COBRA? VIGE NOSSA! E COM NOME DE GENTE!
É! EU SEI QUE ELAS SÃO UM CASAL DE CRIANÇAS! UM CURUMIM E UMA CUNHÃZINHA!
POBRE JIJU! PERDEU MESMO O JUÍZO! TÁ POSSUÍDA PELO DINHANHO!
VÃO COM DEUS! HONORATO E FELIZMINA! VÃO EM PAZ, CRIANÇAS!
ADEUS, MEUS FILHOS! ADEUS! O RIO AGORA É A CASA DE MECÊS! E QUE DEUS OS CRIE!
E COMO CRIOU... DUAS SERPENTES IMENSAS! HONORATO, BONDOSO E PACIENTE... FELIZMINA, AGRESSIVA E CRUEL...

E, DE REPENTE, INCRÍVEL TERROR INVADIU A REGIÃO...
CRUZES! ME ACUDAM! É A BOIUNA!
CORRAM! CORRAM! MINHA NOSSA!
AAAIIII!
PLAM!
CRASH!
TEM PEIXE NÃO, SEU CURIMATÃ?
NÃO, DONA! NINGUÉM MAIS TEM CORAGE DE PESCÁ! AS COBRAS GÊMEA TÃO DEVORANDO TUDO!
COBRAS GÊMEAS? CRUZES! MAS DIZEM QUE SÓ UMA É QUE ATACA! DIZ QUE A OUTRA, O MACHO, É MANSA...
É, DONA... UMA BRAVA, OUTRA MANSA... O BEM E O MAL... MACHO E FÊMEA... T'ESCONJURO! ISSO É OBRA DO CÃO!
QUAL! ISSO ESTÁ ME PARECENDO CRENDICE BESTA, SEU CURIMATÃ! POIS ME DISSERAM QUE O CHICO MANDIM FOI PESCAR HOJE!
CHICO MANDIM FOI PESCÁ?! NO RIO? VIGE! CHICO MANDIM TÁ LOUCO!

BOM... ELE DISSE QUE TEM MULHER E SETE FILHOS MIÚDOS PRA CRIAR E QUE ESTÃO TODOS SECOS DE FOME, SE FINANDO DE SÓ COMER FRUTA DO MATO E CHIBÉ...
POR ISSO SE BOTOU PRO RIO, DEITAR ESPINHEL... COITADO! TOMARA QUE TRAGA PEIXE!
É... A FOME TIRA O SONO E O MEDO! POBRE CHICO MANDIM! AQUELES CURUMINS TODO CHORANDO, SEM SUSTANÇA... DÁ PENA!
NO RIO...
VIVA! O ESPINHÉ VEIO SORTIDO! HOJE A MUIÉ E OS CURUMIM VÃO FICÁ TUDO BARRIGUDO, COM TANTA FARTURA!
E QUEM FOI QUE DISSE QUE CHICO MANDIM TEM MEDO DE COBRA? ISSO É LOROTA! TOU VENDO NADA!
MEUS FILHOS! MEUS FILHOS!

SOCOOOOORRROOO!
SÚBITO...
MINHA NOSSA!

SHAP!
SSSSHISSSSHISSS!
SHAP!
CRAAAAC!
CROF!
PRAAAM
E, AFINAL, FELIZMINA TOMBOU, MORTA. SEU CORPO IMENSO FOI DESCENDO O RIO, QUAL FANTÁSTICA ILHA FLUTUANTE, E SE PERDEU MUITO LONGE, NAS INSONDÁVEIS PROFUNDEZAS DO MAR...

VITORIOSO, HONORATO SE RETIROU MUITO FERIDO, SEM O OLHO ESQUERDO. E FOI NAVEGANDO, SOLITÁRIO E TRISTE, PELAS ÁGUAS AINDA TINTAS DO SANGUE DE SUA IRMÃ...
E A TRANQUILIDADE VOLTOU À BEIRA DO GRANDE RIO... E NINGUÉM MAIS VIU AS FABULOSAS SUCURIS GÊMEAS...
IGARITÉS E UBÁS VOLTARAM A SINGRAR AS ÁGUAS TRANQUILAS, CARREGADAS DE PEIXES E FRUTOS DA SELVA...
E OS ESPERTOS REGATÕES VOLTARAM AOS PORTOS SOLITÁRIOS PARA MERCADEJAR...
MAS, CERTO DIA...

HONORATO PROCUROU UMA PRAIA...
VIGE! MINHA NOSSA! MA... MAS É A BOIUNA! EU...
NÃO TENHA MEDO, MOÇO! NÃO FUJA, NÃO!
MA... MAS ME... MECÊ FALA! FA... FALA! MECÊ É A BOIUNA?
NÃO, MOÇO! SOU DE PAZ... VENHA CÁ... CHEGUE BEM JUNTO DE MIM...

VENHA DEPRESSA!
NÃO TENHA MEDO... POR FAVOR... CORTE-ME TRÊS PALMOS DA CAUDA!...
COR... CORTÁ SUA CAUDA?!
É! E DEPRESSA! TRÊS PALMOS! CORTE!
CREDO! QUE BICHO RIJO! É O MESMO QUE DERRUBÁ CUMARU!
CRUZES! ME ACUDAM! É VISAGE! É O TI-NHOSO! SO-CORRO!

MARDITA PANEMICE! TÔ AQUI DESDE MANHÃZINHA, O DIA TÁ FINANDO E AINDA NÃO PESQUEI NADA!
USE ESTE JIJU COMO ISCA, MOÇO! VAI VIR UM PEIXE TRÁS DO OUTRO, E A ISCA NÃO SE ACABARÁ...
M... MAS...
MAS É MILAGRE! UM TUCUNARÉ! MILAGRE!
OUTRO! PESQUEI OUTRO! RÊ! RÊ! COM ISCA DE JIJU! SÓ MILAGRE! EI, MOÇO! COMO É SEU NOME?
HONORATO.
DIZEM OS VELHOS CABOCLOS DE BEIRA-RIO E OS VELHOS SERINGUEIROS QUE O CONHECERAM PESSOALMENTE E CONVERSARAM COM ELE, QUE ELE FOI UM CABOCLO FORTE E CARIDOSO... E FOI ELE QUEM LHES CONTOU ESSA HISTÓRIA, QUE ELES ME CONTARAM E QUE EU CONTEI A VOCÊS...
FIM

Publicada originalmente na revista *Calafrio Especial* 5, da Editora D-Arte, em 1992, *Já Leu Dickens?* apresenta uma relação curiosa entre anfitrião e hóspede. A HQ foi inspirada em *The Man Who Liked Dickens* (1933), um conto do escritor britânico Evelyn Waugh.

Já leu Dickens?

(TEXTO BASEADO NUMA HISTÓRIA DE EVELYN WAUGH)

BEBA. É ÁGUA PURA. VOCÊ PARECE MUITO DOENTE, MOÇO... ESTÁ FEBRIL. ESPERO QUE NÃO SEJA MALÁRIA...
E-ESTOU E-EXAUSTO... N-NÃO POSSO MAIS ANDAR... HÁ VÁRIOS DIAS QUE NÃO ME ALIMENTO... CHAMO-ME PHILLIP...
NÃO SE PREOCUPE. CUIDAREI DE VOCÊ. VAMOS LEVÁ-LO PARA A NOSSA ALDEIA.
2

AQUI VOCÊ ESTARÁ BEM ABRIGADO. VOU COLOCÁ-LO NUMA REDE MAIS CÔMODA E PROVIDENCIAR UMA INFUSÃO DE ERVAS MEDICINAIS PARA DEBELAR A SUA FEBRE.
SEUS PÉS ESTÃO MUITO FERIDOS. PRECISAM DE UMA BOA LIMPEZA E DE UM BOM CURATIVO. MAIS UM POUCO, E A GANGRENA SERIA INEVITÁVEL.
PRONTO. DENTRO DE ALGUNS DIAS ESTARÃO BONS. NA SELVA HÁ REMÉDIO PARA TUDO... HE! HE! HE!
VOU MANDAR TRAZER-LHE ALGUM ALIMENTO.
ESTA INFUSÃO FOI PREPARADA PELAS VELHAS DA TRIBO. TEM GOSTO AMARGO, MAS BEBA TUDO. É UM ÓTIMO REMÉDIO...
BOA NOITE. DURMA BEM E SONHE COM OS ANJINHOS...
3

NO DIA SEGUINTE...
BOM DIA! JÁ ENCOMENDEI O SEU "BREAKFAST". COMO SE SENTE?
BOM DIA... BEM MELHOR, OBRIGADO...
ÓTIMO. DEPOIS FAREI NOVO CURATIVO EM SEUS PÉS. LOGO VOCÊ PODERÁ TOMAR SEUS BANHOS MATINAIS NO RIO. É UM SALUTAR E AGRADÁVEL COSTUME DAS ÍNDIAS... HE! HE!
NÃO TEMOS LEITE NEM CHÁ, E O CAFÉ ACABOU. MAS HÁ SUCO DE FRUTAS, OVOS DE TRACAJÁ, PEIXE, MANDIOCA ASSADA... ESSA DIETA VAI REVIGORÁ-LO RAPIDAMENTE...
AINDA NÃO SEI O SEU NOME...
MCMURTRY.
É ESCOCÊS?
MEU PAI ERA. VEIO PARA A GUIANA BRITÂNICA COMO MISSIONÁRIO, MAS O GARIMPO DO OURO ATRAIU-O ATÉ AQUI... HE! HE! HE!
ESTABELECEU-SE ENTRE OS ÍNDIOS CHIRICUNAS E VIVEU COM MINHA MÃE. ELA FOI UMA CUNHÃ MUITO BONITA... NASCI, VIVI E CERTAMENTE MORREREI AQUI. HOJE, SOU UM PATRIARCA DA FLORESTA. TENHO VÁRIAS MULHERES E INÚMEROS FILHOS. E UMA BOA ESPINGARDA COM BASTANTE MUNIÇÃO... HE! HE! HE!
E O SENHOR, MR. PHILLIP, QUEM É? COMO VEIO PARAR AQUI?
SOU INGLÊS E GEÓLOGO. FAZIA PARTE DE UMA EXPEDIÇÃO QUE NAUFRAGOU NUMA PERIGOSA CORREDEIRA DE UM DESSES DESCONHECIDOS RIOS DA SELVA...
PERDEMOS TUDO NO NAUFRÁGIO. EQUIPAMENTO, MATERIAL CIENTÍFICO, BAGAGEM, VÍVERES, ARMAS... TUDO! TODOS SE AFOGARAM. SOU O ÚNICO SOBREVIVENTE...
4

TEVE MUITA SORTE, MR. PHILLIP. E CONTINUA TENDO. SE O ACASO NÃO FIZESSE MEUS ÍNDIOS ENCONTRÁ-LO, VOCÊ NÃO VIVERIA MUITOS DIAS MAIS... A FLORESTA É SEMPRE IMPIEDOSA COM AQUELES QUE OUSAM PENETRÁ-LA SEM CONHECÊ-LA! HE! HE! HE!
O SENHOR NÃO MANTÉM NENHUM CONTATO COM A CIVILIZAÇÃO?
RARAMENTE. DE VEZ EM QUANDO APARECE POR AQUI UM MERCADOR TRAZENDO VÍVERES, MUNIÇÃO, FUMO E VÁRIAS MERCADORIAS PARA TROCAR POR PELES SILVESTRES, BORRACHA E OUTROS PRODUTOS DA FLORESTA...
MEU PAI TINHA INSTRUÇÃO. VOCÊ SABE LER, NÃO É?
CLARO QUE SIM!
É... NEM TODOS TÊM ESSA SORTE. EU NÃO SEI.
NÃO?! BEM... PARECE QUE AS OPORTUNIDADES SÃO POUCAS POR AQUI...
TEM RAZÃO. MAS EU TENHO MUITOS LIVROS... HÁ CINCO ANOS, VIVEU AQUI UM PRETO DA GUIANA, EDUCADO EM GEORGETOWN. ATÉ A SUA MORTE, LEU-ME UM POUCO, TODOS OS DIAS...
O SENHOR VAI PODER FAZER O MESMO ASSIM QUE MELHORAR.
COM MUITO GOSTO!
SIM! SIM... VAI LER PARA MIM! HE! HE! HE!
5

DIAS DEPOIS...
ACHO QUE AGORA JÁ PODE EXAMINAR OS LIVROS... SEUS PÉS ESTÃO QUASE BONS.
DEPOIS DO "BREAK-FAST" LHE MOSTRAREI A MINHA BIBLIOTECA.
VEJA!
OH!
QUALQUER UM SERVE PARA COMEÇAR...
TOME. ESTÃO EMBRULHADOS ASSIM POR CAUSA DOS RATOS E DOS CUPINS...
GOSTA DE DICKENS?
SE GOSTO?! EU AMO DICKENS!
CHARLES DICKENS

SÃO OS ÚNICOS QUE JÁ OUVI LER. MEU PAI LIA PARA MIM E, MAIS TARDE, O NEGRO TAMBÉM. AGORA QUERO QUE O SENHOR LEIA. JÁ OUVI ELES MUITAS VEZES. NÃO ME CANSO!
TENHO AQUI TODOS OS LIVROS DE DICKENS. LEVA-SE MUITO TEMPO PARA LER TODOS ELES. MAIS DE DOIS ANOS! HE! HE! HE!
O VELHO MC MURTRY ERA UM OUVINTE SILENCIOSO E ATENTO. FIXAVA OS OLHOS EM PHILLIP E MOVIA OS LÁBIOS SEGUINDO-LHE AS PALAVRAS.
RIA GOSTOSAMENTE A TODAS AS PASSAGENS ENGRAÇADAS...
...E AS DESCRIÇÕES COMOVENTES LHE ARRANCAVAM SENTIDAS LÁGRIMAS...
ASSIM O TEMPO FOI PASSANDO, MONÓTONO E IMUTÁVEL, SOBRE AQUELA PEQUENA ALDEIA INDÍGENA PERDIDA NA IMENSA FLORESTA.

UM DIA...
AINDA FALTA LER A METADE DESTE LIVRO. MAS ESPERO TERMINAR ANTES DA MINHA PARTIDA.
CERTO. MAS NÃO SE PREOCUPE. BASTA POR HOJE. VAMOS JANTAR.
TENHO PENSADO MUITO NO MEU REGRESSO A MANAUS. COMO PODEREI ARRANJAR UMA CANOA? SOU MUITO GRATO AO SENHOR, MAS...
MEU AMIGO, QUALQUER DOS SERVIÇOS QUE EU TENHA LHE PRESTADO, ESTÁ AMPLAMENTE PAGO PELA LEITURA QUE FEZ PARA MIM. PORTANTO, NÃO FALE MAIS NISSO.
MAS EU TENHO QUE PARTIR.
É. O NEGRO ERA ASSIM, TAMBÉM. SÓ PENSAVA NISSO, O TEMPO TODO. MAS FICOU ATÉ MORRER... HE! HE! HE!
8

NO DIA SEGUINTE...
DESCULPE, MCMURTRY, MAS SOU FORÇADO A INSISTIR. QUANDO POSSO ARRANJAR UMA CANOA?
É COISA QUE NÃO EXISTE POR AQUI.
MAS OS ÍNDIOS PODEM FAZER UMA!
É MELHOR ESPERAR PELAS CHUVAS. O RIO NÃO ESTÁ BASTANTE CHEIO.
E QUANDO SERÁ ISSO?
DAQUI A UM MÊS OU DOIS.
E PHILLIP, CHEIO DE ANGÚSTIA, CONTINUOU A DELEITAR O VELHO MCMURTRY COM A LEITURA DAS OBRAS DE CHARLES DICKENS.
VIERAM AS CHUVAS...

HÁ TRÊS DIAS QUE CHOVE SEM PARAR. É TEMPO DE PREPARAR A VIAGEM...
NEM PENSE NISSO! É IMPOSSÍVEL! OS ÍNDIOS NÃO FAZEM CANOAS DURANTE A ESTAÇÃO CHUVOSA.
VOCÊ DEVIA TER ME DITO ISSO!
E NÃO DISSE? ENTÃO FOI ESQUECIMENTO. HE! HE! HE!
JÁ FAZIA UM ANO QUE PHILLIP ESTAVA NA ALDEIA, E COMEÇAVA A SUSPEITAR DE QUE JAMAIS SAIRIA DALI...
CERTO DIA, FOLHEANDO O LIVRO "MARTIN CHUZZLEWIT", PHILLIP ENCONTROU ENTRE SUAS PÁGINAS UM BILHETE ESCRITO A LÁPIS COM LETRA TOSCA.
Ano de 1919
Eu, James Mc Murtry, do Brasil, jurei a "Barnabás Washington", que se ele concluir a leitura deste livro, Martin Chuzzlewit, eu deixarei que ele parta logo após!
Mc Murtry fez a marca
Barnabás Washington
10

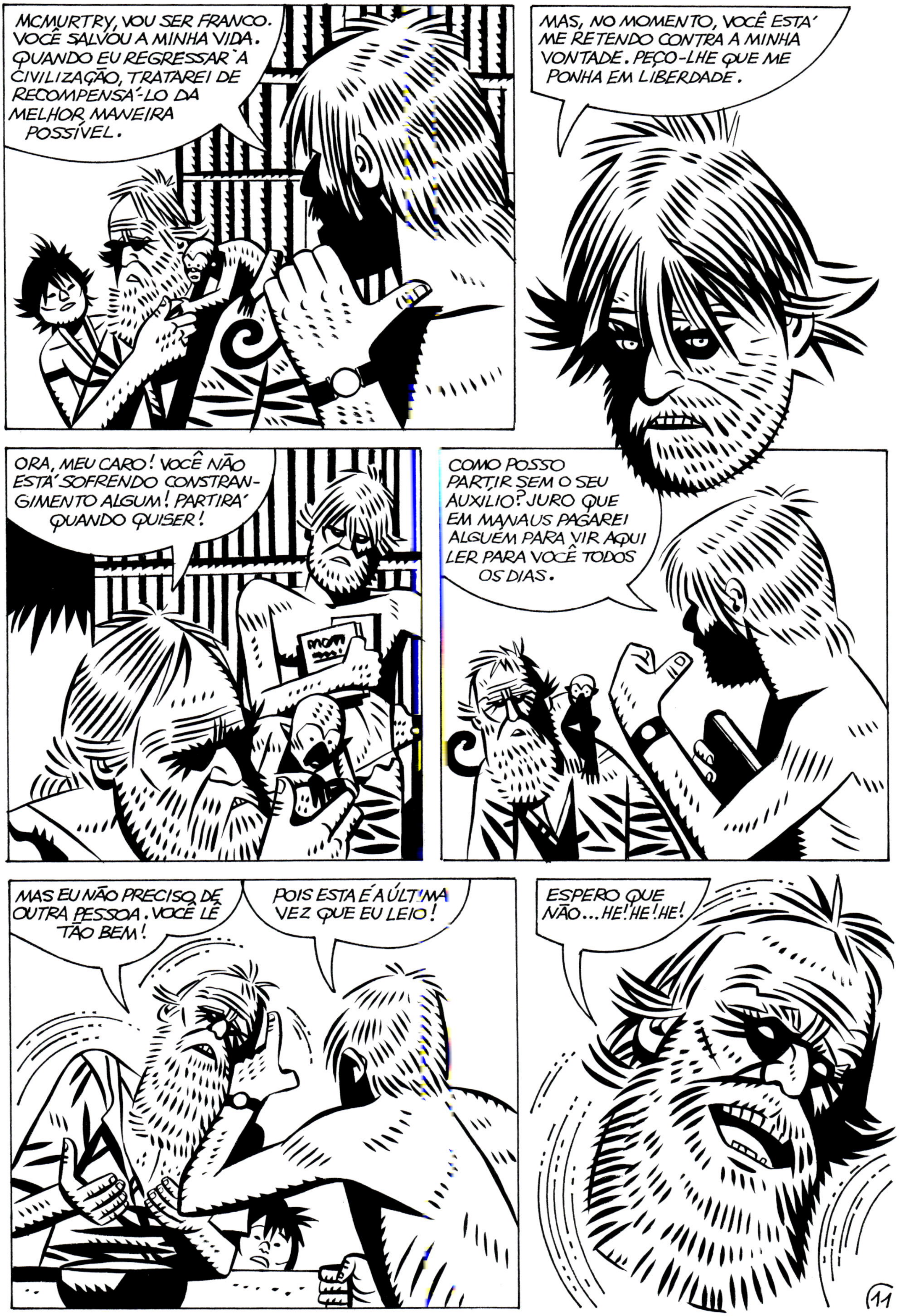
MCMURTRY, VOU SER FRANCO. VOCÊ SALVOU A MINHA VIDA. QUANDO EU REGRESSAR À CIVILIZAÇÃO, TRATAREI DE RECOMPENSÁ-LO DA MELHOR MANEIRA POSSÍVEL.
MAS, NO MOMENTO, VOCÊ ESTÁ ME RETENDO CONTRA A MINHA VONTADE. PEÇO-LHE QUE ME PONHA EM LIBERDADE.
ORA, MEU CARO! VOCÊ NÃO ESTÁ SOFRENDO CONSTRANGIMENTO ALGUM! PARTIRÁ QUANDO QUISER!
COMO POSSO PARTIR SEM O SEU AUXÍLIO? JURO QUE EM MANAUS PAGAREI ALGUÉM PARA VIR AQUI LER PARA VOCÊ TODOS OS DIAS.
MAS EU NÃO PRECISO DE OUTRA PESSOA. VOCÊ LÊ TÃO BEM!
POIS ESTA É A ÚLTIMA VEZ QUE EU LEIO!
ESPERO QUE NÃO... HE! HE! HE!
11

NO OUTRO DIA, AO ALMOÇO, MCMURTRY, ANTES DE COMER, COLOCOU A ESPINGARDA SOBRE A MESA...
DIANTE DAQUILO, PHILLIP REINICIOU A LEITURA...
DECORRERAM SEMANAS E SEMANAS. UM DIA, UM REGATÃO CHEGOU À ALDEIA.
CHEGOU O REGATÃO. É COMO SÃO CHAMADOS AQUI OS MERCADORES. VOU DESPACHÁ-LO RAPIDAMENTE. NÃO SAIA DA CABANA. ELE NÃO PODE VÊ-LO, ENTENDEU?
ENTENDI.
12

POR FAVOR! POR FAVOR! LEVE ISTO A MANAUS E ENTREGUE NO ENDEREÇO QUE ESCREVI. NÃO O PERCA, PELO AMOR DE DEUS!
HÃ?!
PHILLIP CONTINUOU A LER PARA O VELHO MC-MURTRY. MAS SEUS PENSAMENTOS ESTAVAM LONGE... IMAGINAVA-SE DE REGRESSO À CIVILIZAÇÃO... UM PROLONGADO BANHO MORNO, BARBA FEITA, ROUPAS NOVAS, AMIGOS, COMIDA SABOROSA, TEATRO, FELICITAÇÕES...
MAS O VELHO ARRANCOU-O DE SEU DEVANEIO...
QUER FAZER O FAVOR DE LER DE NOVO ESSA PASSAGEM? É DAS QUE GOSTO MAIS...
E OS DIAS FORAM PASSANDO. NENHUM SINAL DE SOCORRO. MAS PHILLIP SUPORTAVA CADA HORA, CADA MINUTO, NA ESPERANÇA DO DIA SEGUINTE...
AMANHÃ TEREMOS UMA GRANDE FESTA NUMA ALDEIA VIZINHA. VOCÊ ME ACOMPANHARÁ.
13

BEBA O CONTEÚDO ATÉ O FIM. CASO CONTRÁRIO, ELES SE SENTIRÃO OFENDIDOS.
PHILLIP SORVEU A BEBERAGEM E SENTIU UM BEM-ESTAR INDESCRITÍVEL...
IMAGINOU QUE UMA EQUIPE DE SOCORRO PARTIRA AO SEU ENCONTRO, ESTANDO TALVEZ JÁ MUITO PRÓXIMA DALI...
UMA VAGA SONOLÊNCIA O ENVOLVEU E PHILLIP CAIU NUM SONO PROFUNDO, EMBALADO PELA CADÊNCIA MONÓTONA DOS CÂNTICOS INDÍGENAS...
QUANDO DESPERTOU, AINDA SE ACHAVA NA ALDEIA VIZINHA...
JÁ ESTÁ ANOITECENDO... QUE HO... CÉUS! O-ONDE ESTÁ O MEU RELÓGIO?
14

AI!...QUE DOR DE CABEÇA! PARECE QUE MEUS MIOLOS VÃO ESTOURAR!
AINDA ESTOU NESTA ALDEIA DE LADRÕES! MCMURTRY ME LARGOU AQUI, SOZINHO! MALDITO VELHO!
AINDA NÃO POSSO CAMINHAR DIREITO! OH, DEUS! QUANDO SERÁ QUE ME LIVRAREI DESTE INFERNO?
A TARDE ESTÁ CAINDO! PRECISO CHEGAR ANTES QUE ESCUREÇA POR COMPLETO.
OLÁ, MEU AMIGO! VOCÊ ESTÁ ATRASADO PARA A LEITURA! DAQUI A POUCO NÃO HAVERÁ MAIS LUZ. COMO ESTÁ SE SENTINDO?
CHARLES DICKENS
15

SINTO-ME PESSIMAMENTE. AQUELA BEBERAGEM ME FEZ MAL. DEU-ME UMA RESSACA TERRÍVEL! NUNCA, NA MINHA VIDA, DORMI TANTO!
SABE QUANTO TEMPO? DOIS DIAS.
DOIS DIAS? NÃO É POSSÍVEL!
É VERDADE! DORMIU À BEÇA! FOI PENA, PORQUE NÃO PODE VER AS SUAS VISITAS...
VISITAS??
POIS É. ESTIVE MUITO OCUPADO ENQUANTO VOCÊ DORMIA. HOSPEDEI TRÊS HOMENS QUE VIERAM DE LONGE. FOI PENA QUE VOCÊ NÃO OS VISSE... HE! HE! HE!
ELES TAMBÉM SENTIRAM MUITO, POIS ESTAVAM DOIDOS PARA VER VOCÊ. MAS O QUE É QUE EU PODIA FAZER? O SEU SONO ERA TÃO PROFUNDO...
COMO TINHAM VINDO DE TÃO LONGE SOMENTE PARA ISTO, DEI A ELES UMA LEMBRANÇA SUA... O SEU RELÓGIO!
16

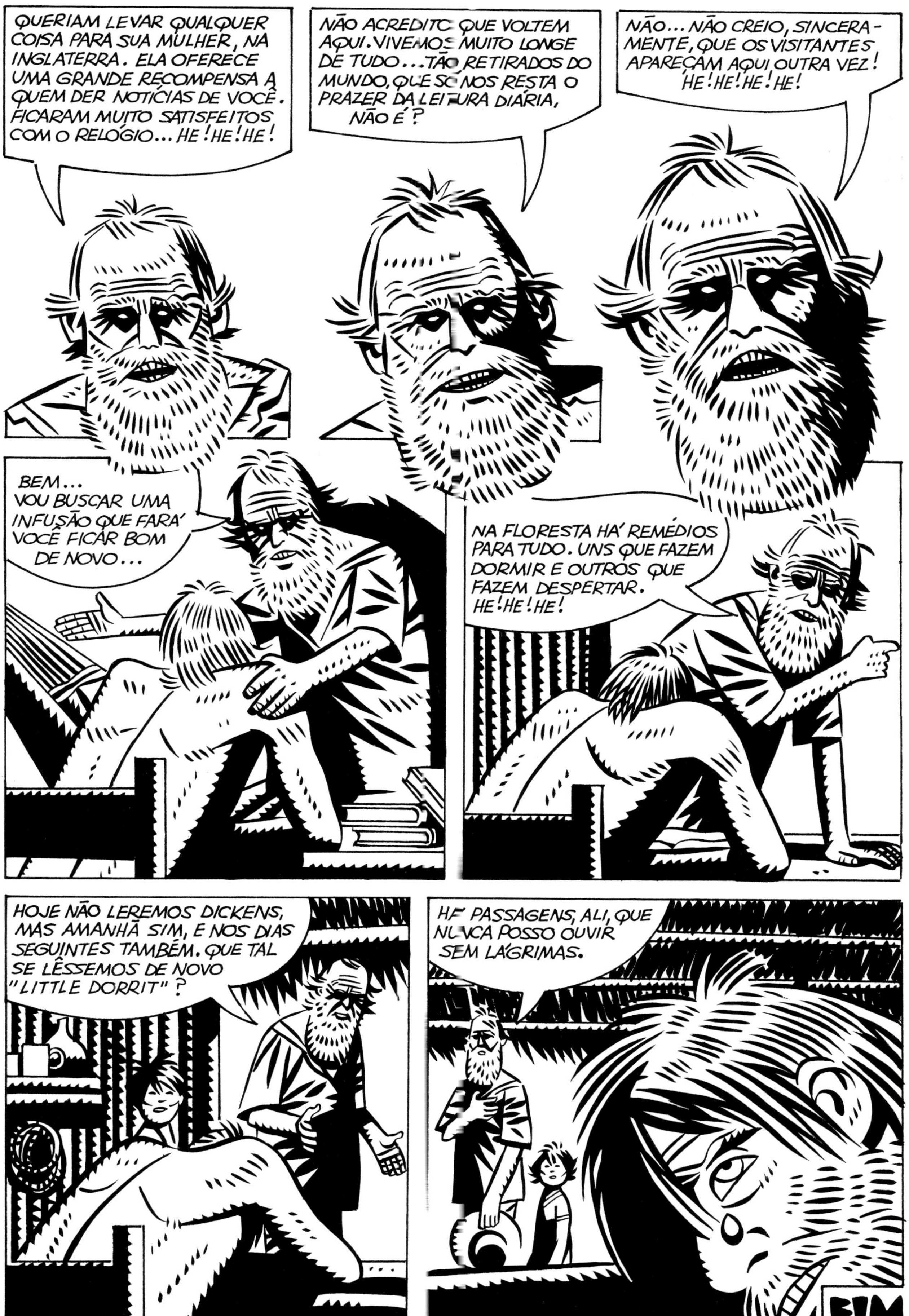
QUERIAM LEVAR QUALQUER COISA PARA SUA MULHER, NA INGLATERRA. ELA OFERECE UMA GRANDE RECOMPENSA A QUEM DER NOTÍCIAS DE VOCÊ. FICARAM MUITO SATISFEITOS COM O RELÓGIO... HE! HE! HE!
NÃO ACREDITO QUE VOLTEM AQUI. VIVEMOS MUITO LONGE DE TUDO... TÃO RETIRADOS DO MUNDO, QUE SÓ NOS RESTA O PRAZER DA LEITURA DIÁRIA, NÃO É?
NÃO... NÃO CREIO, SINCERAMENTE, QUE OS VISITANTES APAREÇAM AQUI OUTRA VEZ! HE! HE! HE! HE!
BEM... VOU BUSCAR UMA INFUSÃO QUE FARÁ VOCÊ FICAR BOM DE NOVO...
NA FLORESTA HÁ REMÉDIOS PARA TUDO. UNS QUE FAZEM DORMIR E OUTROS QUE FAZEM DESPERTAR. HE! HE! HE!
HOJE NÃO LEREMOS DICKENS, MAS AMANHÃ SIM, E NOS DIAS SEGUINTES TAMBÉM. QUE TAL SE LÊSSEMOS DE NOVO "LITTLE DORRIT"?
HÁ PASSAGENS, ALI, QUE NUNCA POSSO OUVIR SEM LÁGRIMAS.
FIM

Em novembro de 2002, a editora Opera Graphica publicou a edição *Filho do Urso e Outras Histórias.* Aqui, destacamos o quadrinho principal da coletânea, baseado no conto *One Alaska Night* (1936), do romancista estadunidense Barrett Willoughby.

"FILHO DO URSO"
ADAPTAÇÃO DE UM CONTO DE BARRETT WILLOUGHBY
"FOI HÁ MUITO TEMPO. MEU PAI ERA DONO DE UM ARMAZÉM, NUM REMOTO PORTO DO ALASCA. VENDIA TODO TIPO DE MERCADORIAS, DESDE ARMADILHAS PARA CAÇADORES, APETRECHOS E EQUIPAMENTO DE PESCA, ATÉ COMIDA ENLATADA, MEDICAMENTOS E BIJUTERIA. CERTO DIA, DE MANHÃ BEM CEDO, DEIXEI O ANCORADOURO A BORDO DE UMA TRAINEIRA."
"IA VISITAR LONNIE, MINHA AMIGA E COLEGA DE COLÉGIO, QUE FORA PASSAR AS FÉRIAS DE VERÃO NA GRANJA DO PAI."
"EU NÃO CONHECIA AQUELAS PARAGENS, MAS OS PESCADORES MOSTRARAM-ME UM ATALHO QUE IA ATÉ A GRANJA."
"DEIXARAM-ME EM TERRA E COMBINAMOS QUE ME APANHARIAM À TARDE, QUANDO REGRESSASSEM DA PESCA."
-FLAVIO COLIN-

"FAZIA TEMPO QUE EU CAMINHAVA DESPREOCUPADAMENTE PELO ATALHO, QUANDO TROPECEI NUMAS RAÍZES E CAÍ."
UI!
"PERCEBI, ENTÃO, QUE, IRREFLETIDAMENTE, METERA-ME NUMA PERIGOSA AVENTURA. SENTIA-ME JÁ CANSADA. NÃO ESTAVA PREPARADA PARA AQUELA CAMINHADA TÃO LONGA, POR UMA REGIÃO TÃO SELVAGEM."
"ALI, SOZINHA, DEITADA NO SOLO ÚMIDO DA IMENSA FLORESTA, VEIO-ME A TERRÍVEL IMPRESSÃO DE QUE ESTAVA PERDIDA..."
"SÚBITO, SENTI UM ODOR ACRE E ENJOATIVO, E ALGO ROÇOU-ME MISTERIOSAMENTE A FACE..."
"ERA UM CHUMAÇO DE PELOS ÁSPEROS E ESCUROS, PRESOS AO GALHO DE UM ARBUSTO."
"IMEDIATAMENTE VI QUE ERAM PELOS DE URSO-PARDO DO ALASCA, O MAIOR CARNÍVORO DO MUNDO!"
"COMPREENDI, ENTÃO, ATÔNITA, QUE DESVIARA-ME DO ATALHO QUE ME LEVARIA À GRANJA! ESTAVA SEGUINDO UMA TRILHA DE URSOS!"
2

"O PÂNICO INVADIU-ME. TIVE ÍMPETOS DE SAIR CORRENDO, AOS GRITOS, PELA FLORESTA. MAS DOMINEI-ME E SEGUI EM FRENTE."
"JÁ ME SENTIA QUASE EXAUSTA, QUANDO AVISTEI, POR ENTRE AS ÁRVORES, NO CENTRO DE UMA CLAREIRA, UMA CABANA DE ASPECTO SINISTRO. ANOITECIA."
"EM FRENTE A ELA HAVIA UM CEPO COM O TOPO TODO PICADO POR GOLPES DE MACHADO."
"A PORTA NÃO TINHA TRINCO NEM ALDRAVA. HAVIA UMA CORREIA DE COURO CRU. PUXEI-A."
"A CORREIA SOLTOU A TARAMELA OU TRANCA INTERNA, E A PORTA SE ABRIU, RANGENDO NOS GONZOS."
TRÉÉÉEC!
3

"DENTRO, PAIRAVA O CHEIRO ATIVO E RANÇOSO DE PELES DE ANIMAIS POSTAS A SECAR."
"ESBARREI NUMA MESA E, COM OS DEDOS TRÊMULOS, ENCONTREI UM COTO DE VELA. AO LADO, HAVIA FÓSFOROS. ACENDI-A."
"A UM CANTO, HAVIA UM VELHO FOGÃO DE FERRO. NOUTRO, UMA TARIMBA, FORRADA COM LARGAS TIRAS DE COURO DE URSO, ENTRELAÇADAS. UMA CADEIRA, UM MACHADO E, NO CHÃO, UMA ARMADILHA DE AÇO, PARTIDA. QUEM TERIA MORADO ALI?"
"OCORREU-ME, ENTÃO, A MACABRA HISTÓRIA DOS CINCO EXPLORADORES QUE, HAVIA ANOS, DESAPARECERAM MISTERIOSAMENTE NAQUELA REGIÃO."
"CONTAVA-SE QUE TINHAM SIDO VÍTIMAS DE UM CAÇADOR MALUCO, UM TAL BUTLER, APELIDADO 'FILHO DO URSO'."
4

"FIQUEI APAVORADA, MALDIZENDO-ME POR TER RELEMBRADO AQUELA TRAGÉDIA. PEGUEI O MACHADO E SAÍ PARA PICAR UM POUCO DE LENHA."
"A LUA CHEIA SURGIU, IMENSA, POR TRÁS DOS PINHEIROS. ENCONTREI PEQUENOS TOROS JÁ SERRADOS E ESQUECIDOS AO LADO DA CABANA..."
"...E COMECEI A PARTI-LOS. O ECO DOS GOLPES DO MACHADO PERDIA-SE NA ESCURIDÃO."
POC! POF!
PAF!
POC!
PAC!
"CADA PANCADA QUE RESSOAVA NO BOSQUE PARECIA AUMENTAR A MINHA SOLIDÃO..."
PAC! POC!
POF!
PAF!
"EU JÁ CORTARA UMA BOA BRAÇADA DE LENHA. QUANDO CURVEI-ME PARA APANHAR O ÚLTIMO TORO..."
"...MEUS DEDOS TOCARAM ALGO QUE ME FEZ RECUAR IMEDIATAMENTE."
5

"ERAM OSSOS DE MÃO HUMANA DECEPADA À ALTURA DO PULSO!"
"EXAMINANDO OS ARREDORES AO CLARÃO DO LUAR, VI OUTRAS MÃOS COMO AQUELA ESPALHADAS PELO CHÃO EM VOLTA DO CEPO! ERAM DEZ AO TODO!"
"NÃO HAVIA POR ALI NENHUMA OUTRA ESPÉCIE DE OSSO. QUASE DESMAIEI."
"CORRI PARA A CABANA E TRANQUEI A PORTA, PUXANDO A CORREIA COM TODAS AS FORÇAS QUE ME RESTAVAM. ALI, NINGUÉM PODERIA ENTRAR."
SLAM!
"MINHA IMAGINAÇÃO NÃO SE AFASTAVA UM SÓ INSTANTE DO DRAMA SINISTRO DE 'FILHO DO URSO' E DOS CINCO EXPLORADORES QUE HAVIAM DESAPARECIDO NAQUELAS PARAGENS."
"SERIA AQUELA A CABANA DE BUTLER, 'FILHO DO URSO'? AQUELES OSSOS EM VOLTA DO CEPO TERIAM PERTENCIDO ÀS MÃOS DAS SUAS CINCO VÍTIMAS?"
"LUTEI EM VÃO PARA MANTER-ME ACORDADA, MAS O SONO TERMINOU POR VENCER-ME."
"SÚBITO, DESPERTEI COM O BAQUE SURDO DE PANCADAS. ALGUÉM BATIA À PORTA."
PAM!
PAM! PAM!
6

"FEZ-SE SILÊNCIO. TERIA SIDO EU VÍTIMA DE UMA ALUCINAÇÃO?"
"MAS OUVI NOVAMENTE AS PANCADAS. ERA UM SOM ABAFADO, COMO SE BATESSEM COM O COTO DE UM BRAÇO CORTADO PELO PULSO!"
PAM! PAM! PAM! PAM!
"VENCENDO O PAVOR QUE ME TOLHIA, CONSEGUI ARRASTAR-ME ATÉ A PORTA..."
QUEM É?
"NÃO HAVIA NINGUÉM LÁ FORA, SÓ O LUAR E O VENTO AGITANDO OS PINHEIROS."
"INTRIGADA E APREENSIVA, ENTREI NA CABANA."
"SÚBITO, BATERAM NOVAMENTE."
PAM-PAM! PAM-PAM! PAM!
"ABRI A PORTA BRUSCAMENTE."
!
7

"NÃO HAVIA NINGUÉM. ANDEI EM VOLTA DA CABANA, À LUZ DO LUAR, OLHANDO ATENTAMENTE PARA O CHÃO À PROCURA DE PEGADAS."
"O ESCONDERIJO POSSÍVEL MAIS PRÓXIMO ERA UM VELHO PINHEIRO ISOLADO DO BOSQUE."
"UM SER HUMANO NÃO SERIA CAPAZ DE PERCORRER A DISTÂNCIA ATÉ ELE TÃO DEPRESSA."
"SÓ ALMA DO OUTRO MUNDO, UM FANTASMA, PODERIA BATER À PORTA E LOGO SUMIR ASSIM, DE REPENTE."
"ACENDI UMA FOGUEIRA BEM EM FRENTE À CABANA E RESOLVI ESPERAR O NASCER DO DIA."
"MAS, APESAR DA TENSÃO, O SONO VENCEU-ME NOVAMENTE."
"DESPERTEI EM SOBRESSALTO, JULGANDO OUVIR O MEU NOME. O SOL DA MANHÃ JÁ ILUMINAVA A CLAREIRA."
LIZ!
8

"VI, ENTÃO, A FIGURA DE UMA JOVEM ESBELTA, EM TRAJE DE MONTARIA, CORRENDO EM MINHA DIREÇÃO."
LIZ! LIZ!
"ERA LONNIE, A MINHA AMIGA!"
"VINHA ACOMPANHADA PELO PAI."
PAPAI FICOU FURIOSO QUANDO SOUBE QUE VOCÊ SE PERDEU NO MATO.
OH, LONNIE! EU... EU...
COMO VOCÊ NÃO APARECEU ONTEM, CONFORME NOS ESCREVERA, MANDEI, AO AMANHECER, VÁRIOS HOMENS À SUA PROCURA. UMA MULHER NÃO DEVE NUNCA PENETRAR SOZINHA NA FLORESTA!
AS MULHERES NÃO TÊM SENTIDO DE DIREÇÃO. PERDEM-SE À TOA! FELIZMENTE, VOCÊ VEIO CAIR NA CABANA DE BUTLER.
BUTLER?! MEU DEUS! LEMBRAM-SE DAQUELES CINCO EXPLORADORES QUE DESAPARECERAM NA FLORESTA, HÁ ALGUNS ANOS?
ORA! AQUELES POBRES COITADOS COM CERTEZA PERDERAM-SE NAS TUNDRAS DO INTERIOR E MORRERAM CONGELADOS!
NÃO! OS CINCO FORAM ASSASSINADOS AQUI MESMO, NESTA CABANA!
VEJAM ESTES OSSOS! SÃO DE MÃOS HUMANAS!
DEIXE VER...
9

ORA! NÃO SÃO OSSOS HUMANOS, MINHA CARA! FIQUE SABENDO QUE FILHOTES DE URSO TÊM NAS PATAS DIANTEIRAS OSSOS SEMELHANTES AOS DA MÃO HUMANA.
E ONDE ESTÃO OS OUTROS OSSOS DOS FILHOTES?
BUTLER COSTUMAVA TIRAR A PELE DOS URSOS JUNTO ÀS ARMADILHAS. MAS, NAS PATAS, A OPERAÇÃO É MAIS DIFÍCIL...
...POR ISSO, DEIXAVA-AS PRESAS ÀS PELES PARA VIR ESFOLÁ-LAS COM CALMA E CUIDADO AQUI, EM SUA CABANA. SÓ CAÇAVA FILHOTES DE URSO. DAÍ, A ALCUNHA QUE LHE DERAM.
POBRE BUTLER! ENCONTRARAM-NO MORTO, EM FRENTE A ESTA PORTA, ONDE FOI ATACADO POR UMA FÊMEA DE URSO-PARDO.
POR QUE BUTLER NÃO ATIROU NELA?
COM CERTEZA, NÃO TEVE TEMPO DE PEGAR A ARMA. PARECE QUE BUTLER, AO VOLTAR DA CAÇADA, SAIU A BUSCAR ÁGUA NO CÓRREGO, DEIXANDO A ARMA NA CABANA...
PROVAVELMENTE, A MÃE DO URSINHO MORTO SEGUIU-LHE O RASTRO. AO VÊ-LA, BUTLER CORREU PARA PEGAR O RIFLE, MAS DEIXARA A PORTA FECHADA...
A URSA CORREU PARA ELE. APAVORADO, PUXOU A TIRA DE COURO COM TANTA FORÇA, QUE ELA SE ROMPEU, E ELE NÃO PÔDE ABRIR A PORTA. A FERA PEGOU-O.
BERT SLOCUM, UM DOS MEUS EMPREGADOS, PASSOU UNS TEMPOS AQUI, CAÇANDO DONINHAS. QUANDO VOLTOU, CONTOU-NOS HISTÓRIAS FANTÁSTICAS SOBRE UM FANTASMA QUE RONDAVA A CABANA...
MAS BERT SLOCUM É TIDO COMO O MAIOR MENTIROSO DO ALASCA. A ACREDITÁ-LO, A ALMA DE "FILHO DO URSO"...
PAM! PAM! PAM! PAM!
10

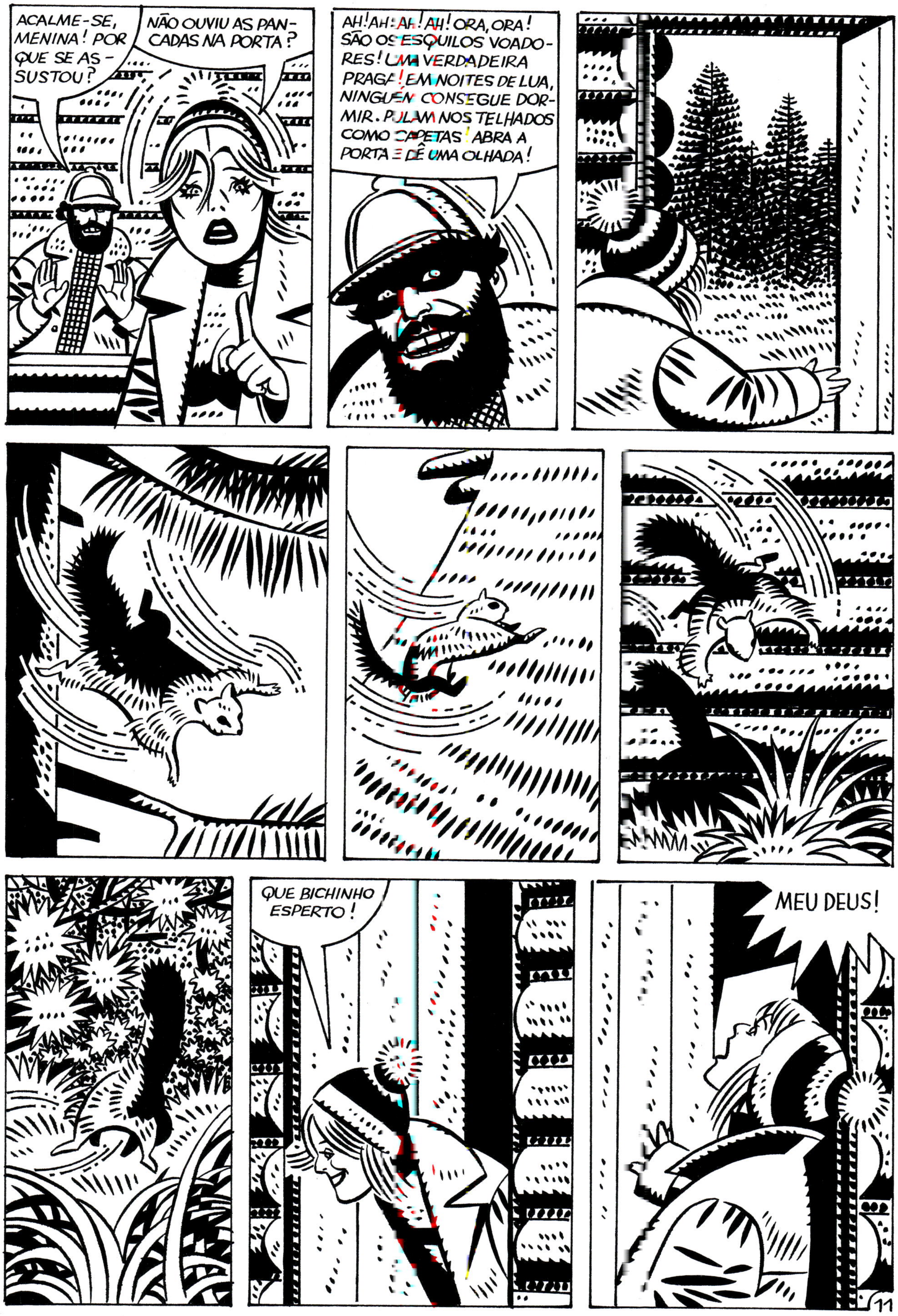
ACALME-SE, MENINA! POR QUE SE ASSUSTOU?
NÃO OUVIU AS PANCADAS NA PORTA?
AH! AH! AH! AH! ORA, ORA! SÃO OS ESQUILOS VOADORES! UMA VERDADEIRA PRAGA! EM NOITES DE LUA, NINGUÉM CONSEGUE DORMIR. PULAM NOS TELHADOS COMO CAPETAS! ABRA A PORTA E DÊ UMA OLHADA!
QUE BICHINHO ESPERTO!
MEU DEUS!
11

O QUE FOI?
E-ESTA M-MARCA N-NA PORTA!
AH! HA! AH! VOCÊ DEVIA ESTAR MESMO MUITO NERVOSA QUANDO CHEGOU À CABANA ONTEM À NOITE! DO CONTRÁRIO, NÃO TERIA BATIDO COM TANTA FORÇA, MENINA! AH! AH!
VAMOS EMBORA. TROUXEMOS UM CAVALO PARA VOCÊ. CHEGA DE SUSTOS POR HOJE.
"MONTEI E VOLTEI-ME AINDA UMA VEZ PARA LANÇAR UM DERRADEIRO OLHAR PARA AQUELA CABANA ONDE PASSARA A NOITE MAIS TERRÍVEL DE TODA A MINHA VIDA!"
"E LÁ ESTAVA, ESTAMPADA NA PORTA, A MARCA DE UM GRANDE PUNHO HUMANO!"
"NÃO ERA, DECERTO, DO MEU PUNHO FRÁGIL E FEMININO. ATÉ PORQUE, EU, QUANDO CHEGARA, NÃO HAVIA BATIDO À PORTA DA CABANA MISTERIOSA E SINISTRA, PERDIDA NA CLAREIRA DA FLORESTA..."
FIM

A Arca reúne duas das principais vertentes do autor: um cenário majoritariamente brasileiro e um mistério que deixa o leitor com a pulga atrás da orelha desde o princípio.

A ARCA
ALVIANO BRANDÃO ERA UM VELHO SENHOR DE ENGENHO, MUITO SEVERO E RESPEITADO. CASARA, EM SEGUNDAS NÚPCIAS, COM UMA JOVEM E BELA MULHER...
-FLAVIO COLIN-
CERTA TARDE, ALVIANO RESOLVEU VOLTAR MAIS CEDO PARA CASA...
O QUE É, NEGRINHA SAPECA? QUE BICHO TE MORDEU?
SINHÔ! SINHÔ!
É-É A-A SINHÁ... E-ELA ANDA M-MUITO I-ISQUISITA...
ESQUISITA, POR QUÊ, SUA DIABINHA?
Q-QUANDO O-O SINHÔ SAI PRO ENGENHO, E-ELA ENTRA NO QUARTO O-ONDE TÁ AQUELA ARCA ENORME, Q-QUE ERA DA AVÓ DELA...
E DAÍ?
E-ELA FICA HORAS T-TRANCADA NO QUARTO... A-AQUELA ARCA É MUITO GRANDE... D-DÁ PRA ESCONDÊ UM HOME ALI DENTRO...

DEIXA DE FUXICO, NEGRINHA ABELHUDA! NAQUELA ARCA, MINHA ESPOSA SÓ GUARDA ROUPAS E BORDADOS ANTIGOS.
S-SINHÔ...
A-ACHO Q-QUE TÁ GUARDANDO O-OUTRA COISA, A-AGORA... A-A SINHÁ NÃO DEIXA QUE EU, QUE SÔ A MUCAMA DELA, VEJA... E ME AMEAÇA COM UMA SOVA DE MARMELO...
HUM!...
QUER ME MOSTRAR O QUE HÁ NESSA ARCA?
VOSMECÊ ESTÁ CURIOSO POR CAUSA DOS MEXERICOS DE UMA MOLECA OU PORQUE NÃO CONFIA EM MIM?
POR QUE NÃO ABRE LOGO A ARCA, SEM RODEIOS?
NÃO CREIO QUE SEJA POSSÍVEL. ESTÁ TRANCADA.
ONDE ESTÁ A CHAVE?
AQUI. MANDE DAR UMA BOA SURRA NAQUELA NEGRINHA ALCOVITEIRA, QUE EU LHE ENTREGO...
2

A NEGRINHA LEVOU UMA VIOLENTA SURRA...
...E A MULHER ENTREGOU A CHAVE DA ARCA AO MARIDO.
ALVIANO BRANDÃO FICOU MEDITANDO LONGO TEMPO, DIANTE DA ARCA, COM A CHAVE NA MÃO...
POR FIM, MANDOU CHAMAR QUATRO ESCRAVOS FORTES PARA LEVAREM A ARCA.
À NOITE, MANDOU ENTERRÁ-LA NA MATA, SEM ABRI-LA. E NUNCA MAIS SE FALOU NO ASSUNTO.
FIM

A revista *Mad in Brazil 69*, lançada em 1991 pela Editora Record, trouxe um poema do escritor, tradutor e poeta Braulio Tavares desenhado por Flavio Colin, *O Caso dos Dez Negrinhos*. Para preservar o resgate histórico, assim como foi feito com as demais histórias reunidas neste volume, que não sofreram qualquer intervenção de conteúdo, exceto gramatical devido ao Novo Acordo Ortográfico que passou a ser obrigatório no ano de 2016, mantivemos o trabalho na íntegra.

O CASO dos DEZ NEGRINHOS

POEMA DE BRAULIO TAVARES QUADRINIZADO POR FLAVIO COLIN

DEZ NEGRINHOS NUMA CELA
E UM DELES JÁ NÃO SE MOVE.

FUGIRAM DE MANHÃ CEDO,
E SÓ SÃO NOVE.

NOVE NEGRINHOS FUGIRAM E UM DELES,
O MAIS AFOITO, DANÇOU:
CRUZOU COM UMA BALA.

FUGIRAM OITO.

OITO NEGRINHOS TRABALHAVAM DE REVÓLVER E CANIVETE.
ROUPA CÁQUI VEM CHEGANDO: FUGIRAM SETE.
BAM
BAM!
BAM!
BAN!
SETE NEGRINHOS FUGINDO PELA RUA DE VOCÊS.
ALGUÉM CHAMOU A POLÍCIA. CORRERAM SEIS.
PM
SEIS NEGRINHOS DÃO O BALANÇO: BOLSA, ANEL, RELÓGIO, BRINCO...
HOUVE UM ERRO NA PARTILHA, VIRARAM CINCO.

CINCO NEGRINHOS DE OLHO NA SAÍDA DO TEATRO.
UM VACILOU, DEU BOBEIRA, FUGIRAM QUATRO.
QUATRO NEGRINHOS TROMBANDO, TODOS QUATRO DE UMA VEZ.
UM DELES A GENTE AGARRA, MAS FOGEM TRÊS.
TRÊS NEGRINHOS QUE BATALHAM FEIJÃO, FARINHA, ARROZ.
UM SE DEU MAL: A COMIDA DAVA PRA DOIS.

DOIS NEGRINHOS SE EMBEBEDAM DE BRAHMA, CACHAÇA E RUM.
DISCUSSÃO, BRIGA, NAVALHA, SÓ FICA UM.
E UM NEGRINHO VEM SURGINDO NO MEIO DA MULTIDÃO:
POR TRÁS DESSE DERRADEIRO, VEM UM MILHÃO.
PM
FIM

O Lunático adapta uma passagem da *Bíblia*. Nessa HQ, Jesus realiza um de seus milagres, apesar da dificuldade em fazer as pessoas acreditarem que ele é, de fato, o filho de Deus.

O LUNÁTICO

MATEUS: 17,17
MARCOS: 9,23

E DEPOIS QUE VEIO PARA ONDE ESTAVA A GENTE, CHEGOU A ELE UM HOMEM, QUE, POSTO DE JOELHOS DIANTE DELE, LHE DIZIA:

ATÉ QUE CAIU POR TERRA, ONDE SE REVOLVIA BABANDO-SE TODO.
QUANTO TEMPO HÁ QUE LHE SUCEDE ISTO?
DESDE A INFÂNCIA.
E O DEMÔNIO O TEM LANÇADO MUITAS VEZES NO FOGO, E MUITAS NA ÁGUA, PARA O MATAR.
PORÉM, SE TU PODES ALGUMA COISA, AJUDA-NOS, TEM COMPAIXÃO DE NÓS.
SE TU PODES CRER, TUDO É POSSÍVEL AO QUE CRÊ.
SIM, SENHOR, EU CREIO! AJUDA TU A MINHA INCREDULIDADE!
2

E JESUS VENDO QUE O POVO CONCORRIA, AMEAÇOU O ESPÍRITO IMUNDO, DIZENDO-LHE:
ESPÍRITO SURDO E MUDO, EU TE MANDO, SAI DESSE MOÇO. E NÃO TORNES A ENTRAR NELE.
ENTÃO, DANDO GRANDES GRITOS, E MALTRATANDO-O MUITO, SAIU DELE...
E FICOU COMO MORTO, DE SORTE QUE MUITOS DIZIAM:
ESTÁ MORTO!
PORÉM, TOMANDO-O JESUS PELA MÃO, O LEVANTOU, E ELE SE ERGUEU.
E DEPOIS QUE ENTROU EM CASA, PERGUNTARAM-LHE SEUS DISCÍPULOS PARTICULARMENTE:
POR QUE O NÃO PUDEMOS NÓS EXPELIR?
ESTA CASTA DE DEMÔNIOS NÃO SE PODE FAZER SAIR, SE NÃO À FORÇA DE ORAÇÃO E DE JEJUM.
FIM

De volta à temática nacional, em *Os Minatá-Karaiá,* Flavio Colin se debruça sobre os povos indígenas do Mato Grosso e suas lendas ancestrais em meio a paragens que existem no mundo real, como o Rio Kuluene, um afluente do Rio Xingu.

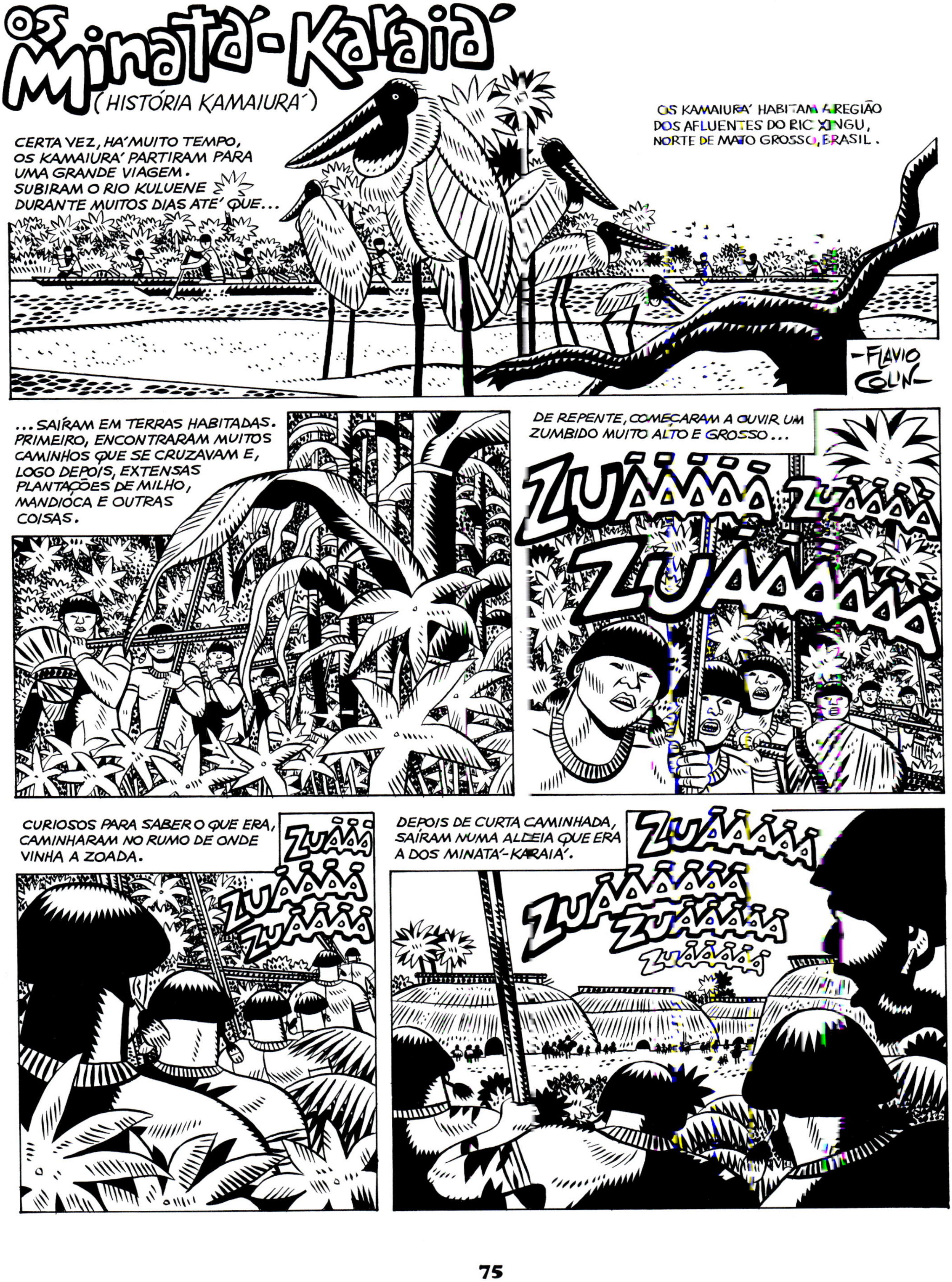

OS MINATÁ-KARAIÁ
(HISTÓRIA KAMAIURÁ)
CERTA VEZ, HÁ MUITO TEMPO, OS KAMAIURÁ PARTIRAM PARA UMA GRANDE VIAGEM. SUBIRAM O RIO KULUENE DURANTE MUITOS DIAS ATÉ QUE...
OS KAMAIURÁ HABITAM A REGIÃO DOS AFLUENTES DO RIO XINGU, NORTE DE MATO GROSSO, BRASIL.
FLAVIO COLIN
...SAÍRAM EM TERRAS HABITADAS. PRIMEIRO, ENCONTRARAM MUITOS CAMINHOS QUE SE CRUZAVAM E, LOGO DEPOIS, EXTENSAS PLANTAÇÕES DE MILHO, MANDIOCA E OUTRAS COISAS.
DE REPENTE, COMEÇARAM A OUVIR UM ZUMBIDO MUITO ALTO E GROSSO...
ZUÃÃÃÃ ZUÃÃÃÃ
ZUÃÃÃÃÃ
CURIOSOS PARA SABER O QUE ERA, CAMINHARAM NO RUMO DE ONDE VINHA A ZOADA.
ZUÃÃÃ
ZUÃÃÃÃ
ZUÃÃÃÃ
DEPOIS DE CURTA CAMINHADA, SAÍRAM NUMA ALDEIA QUE ERA A DOS MINATÁ-KARAIÁ.
ZUÃÃÃÃÃ
ZUÃÃÃÃÃÃ
ZUÃÃÃÃÃ
ZUÃÃÃÃÃ

OS HOMENS DA ALDEIA TINHAM NO ALTO DA CABEÇA UM BURACO DE ONDE SAÍA O ZUNIDO QUE DE LONGE TINHAM OUVIDO E NASCIA-LHES NAS AXILAS UM CACHO DE COCO (MINATA').
ZUUÂÂÂÂÂÂ
ZUÂÂÂÂÂ
ZUÂÂÂÂÂ
ZUÂÂÂÂÂ
ZUÂÂÂÂ
ZUÂÂÂÂ
OS MINATA'-KARAIA' A TODO MOMENTO ARRANCAVAM UM COQUINHO, PARTIAM-NO CONTRA A CABEÇA E O COMIAM.
ZUÂÂÂÂÂ
ZUÂÂÂÂ
TOC TOC
ZUÂÂÂÂ
ZUÂÂÂÂ
TOC
TOC
TOC
DE REPENTE, AVISTAM OS INTRUSOS.
ZUÂÂÂ
ZUÂÂÂ
ZUÂÂÂÂ
ZUÂÂÂÂ
E COMEÇAM A PERSEGUI-LOS.
ZUÂÂÂÂÂ
ZUÂÂÂ
ZUÂÂÂ
ESTES FOGEM DIA E NOITE, SEM PARAR, MAS OS FEROZES MINATA' NÃO ABANDONAM A PERSEGUIÇÃO.
ZUÂÂÂÂÂ
ZUÂÂÂÂÂ
2

ATEANDO FOGO NAS MACEGAS, VÃO FAZENDO LEVANTAR GROSSOS ROLOS DE FUMAÇA NO ENCALÇO DOS INVASORES.
ESTES, APAVORADOS, CRUZAM INÚMEROS CAMPOS, MATAS E VALES.
E JULGANDO-SE SALVOS, RESOLVEM DESCANSAR E ACAMPAM.
MAS, AO OLHAREM PARA TRÁS, VEEM SURPRESOS CREPITAR JUNTO DELES NOVAS LABAREDAS E TUFOS DE FUMAÇA DOS MINATÁ-KARAIÁ, QUE AINDA NÃO HAVIAM DESISTIDO DA PERSEGUIÇÃO.
OS KAMAIURÁS TORNAM A FUGIR, SÓ CONSEGUINDO LIVRAR-SE DOS MINATÁ-KARAIÁ AO ALCANÇAREM O RIO PARANAJUVA, PELO QUAL CHEGAM FINALMENTE A SUAS ALDEIAS.
FIM

A Terceira Arca é uma trama mais extensa, que se passa longe do Brasil e reúne vários personagens britânicos em uma história sobre pirataria, passeando não apenas pela Inglaterra, mas também por Honduras.

A Terceira Marca

TEXTO: MAVIGNIER

CONTA A HISTÓRIA QUE HENRY MORGAN, O CORSÁRIO, REFUGIOU-SE NA BAÍA DE PORT ROYAL NAS ILHAS BAY, EM HONDURAS, DEPOIS DO SAQUE À CIDADE DO PANAMÁ, EM 1671. PORT ROYAL OCUPAVA UMA POSIÇÃO ESTRATÉGICA DURANTE O DOMÍNIO ESPANHOL DO SÉCULO DEZESSEIS. PROCEDENTES DA AMÉRICA CENTRAL E DO PERU, NAUS CARREGADAS COM OS FABULOSOS DESPOJOS DAS PILHAGENS PARTIAM RUMO À ESPANHA SEGUINDO AS CORRENTES DO GULF STREAM. TODAS AS ROTAS PASSAVAM PELO CARIBE COM ESCALA EM PORT ROYAL.

EM 1925, O FAMOSO ARQUEÓLOGO BRITÂNICO SIR HERBERT WITHERSPOON CHEFIOU UMA EXPEDIÇÃO PARA ESTUDAR A CIVILIZAÇÃO MAIA NA AMÉRICA CENTRAL.

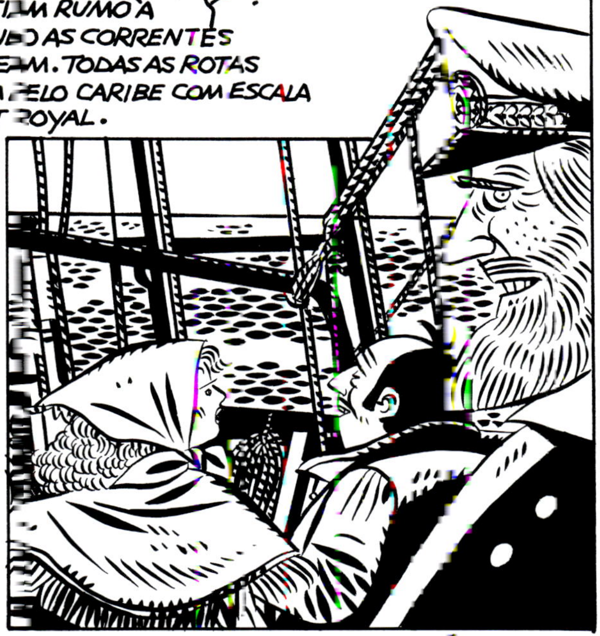

SIR HERBERT VELEJOU PARA ROATÁN, NAS BAY. LEVOU CONSIGO SUA ENTEADA SALLY E UM AMIGO CONHECIDO APENAS COMO "DR. BELL".

APÓS ALGUMAS PESQUISAS PRELIMINARES, A EXPEDIÇÃO CONCENTROU-SE NOS ARREDORES DE PORT ROYAL.
LOGO, FORAM ENCONTRADOS VÁRIOS OBJETOS USADOS PELOS PIRATAS: BALAS DE CANHÃO, GARRUCHAS, FIVELAS DE SAPATOS, POLVARINHOS ETC.
POR DIVERTIMENTO, O DR. BELL TROUXE A BÚSSOLA DE BORDO E COMEÇOU A SONDAR O TERRENO USANDO O PRINCÍPIO DO MAGNETISMO PARA DETECTAR METAIS.
MAS SÓ ENCONTROU QUINQUILHARIAS.
O DR. BELL NÃO DESISTIU, PORÉM, E, CERTO DIA, ENQUANTO CAVAVAM NUMA ILHOTA, ELE VIU A AGULHA VIBRAR COM CERTA VIOLÊNCIA.
RELATOU O FATO A SIR HERBERT E ESTE ORDENOU AOS NATIVOS QUE CAVASSEM NO LOCAL.
2

A CINQUENTA CENTÍMETROS ACHARAM UMA GRANDE ARCA. ROMPERAM OS FECHOS ENFERRUJADOS, ERGUERAM A TAMPA E SE DEPARARAM COM UM FANTÁSTICO CONJUNTO DE OBJETOS DE OURO E MUITAS JOIAS.
SURPRESOS E EXULTANTES, ABANDONARAM PRONTAMENTE OS AUSTEROS PROPÓSITOS ARQUEOLÓGICOS...
...E A EXPEDIÇÃO CIENTÍFICA TRANSFORMOU-SE NUMA EUFÓRICA CAÇADA AO TESOURO.
LOGO DEPOIS, DUAS OUTRAS ARCAS FORAM DESENTERRADAS E ABERTAS.
SIR HERBERT WITHERSPOON, SALLY E O DR. BELL CONFABULARAM POR LONGO TEMPO E TRAÇARAM PLANOS.
TORNARAM A ENTERRAR AS ARCAS E PARTIRAM À PROCURA DE NOVOS ACHADOS.
3

MAS OS NATIVOS SÃO TAGARELAS E A NOTÍCIA SOBRE AS ARCAS ACABOU CHEGANDO AOS OUVIDOS DAS AUTORIDADES.
AVISADO DE QUE A POLÍCIA FARIA UMA INSPEÇÃO NA ÁREA DAS ESCAVAÇÕES, SIR HERBERT NÃO PERDEU TEMPO. NUMA OPERAÇÃO EXAUSTIVA QUE DUROU A NOITE INTEIRA, DESENTERROU DUAS DAS ARCAS E...
...AO ROMPER DA AURORA, VELEJOU PARA HONDURAS. ABANDONARA A TERCEIRA ARCA POR SENTIR QUE NÃO DARIA TEMPO PARA EMBARCÁ-LA.
PERTO DO PORTO DE BELIZE, O BARCO DEITOU ÂNCORAS EM UMA PEQUENA ENSEADA. SIR HERBERT DIRIGIU-SE AO PORTO.
REGRESSOU HORAS DEPOIS COM UMA CARGA DE MADEIRA.
RAPIDAMENTE FORAM CONSTRUÍDOS DOIS GRANDES CAIXOTES. O TESOURO FOI TRANSFERIDO PARA ELES.
E AS VELHAS ARCAS FORAM ATIRADAS AO MAR.
4

SIR HERBERT WITHERSPOON, SALLY E O DR. BELL DEIXARAM O VELEIRO NO PORTO E EMBARCARAM NUM NAVIO PARA NEW YORK, LEVANDO O TESOURO EM SEUS PORÕES INOCENTEMENTE ROTULADO COMO "ARTEFATOS MAIAS".
EM NEW YORK, SIR HERBERT VENDEU UMA PARTE DAS JOIAS EM LEILÃO, APURANDO 800.000 DÓLARES.
REGRESSANDO À INGLATERRA, COMPROU UM CASTELO NO CAMPO E DEDICOU O RESTO DE SUA VIDA A COLECIONAR PRATA ANTIGA E A RECEBER CELEBRIDADES.
SOU UM DESSES TIPOS FASCINADOS PELA AVENTURA E QUE ADORAM VIVER PERIGOSAMENTE.
JÁ OUVIRA FALAR DE SIR HERBERT WITHERSPOON, POIS UMA DAS MINHAS PAIXÕES ERAM OS RELATOS SOBRE A PIRATARIA NOS MARES DO SÉCULO XVII...
EM 1958, ESTANDO EU EM LONDRES, FUI VISITAR O MUSEU BRITÂNICO. POR ACASO, DETIVE-ME DIANTE DE UMA VITRINE REPLETA DE OBJETOS MAIAS, VÁRIOS DELES EM OURO MACIÇO...
UMA PLAQUETA DISCRETAMENTE COLOCADA IDENTIFICAVA O DESCOBRIDOR DOS OBJETOS: SIR HERBERT WITHERSPOON.
5

LEMBREI-ME DA SUA HISTÓRIA FABULOSA E DECIDI SABER ONDE, EXATAMENTE, FICARA ENTERRADA A TERCEIRA ARCA. EM POUCOS MINUTOS, UM SOLÍCITO ZELADOR CONDUZIU-ME À SALA DOS MAPAS.
APONTANDO POLIDAMENTE PARA UM ENORME ARQUIVO QUE SE ERGUIA DO ASSOALHO AO TETO, DISSE-ME QUE AS CINCO GAVETAS DE BAIXO ERAM SOBRE O CARIBE OCIDENTAL.
DESCOBRI CINCO MAPAS EXCELENTES. UM DELES, O DO TENENTE JEREMY THORNDYKE, DE 1791.
NOTEI PELO CARTÃO DE CONSULTA QUE O MAPA FORA MANUSEADO PELA ÚLTIMA VEZ EM SETEMBRO DE 1843...
EMPREGARA-SE UMA ESCALA GRANDE E REPRESENTAVA UMA ÁREA DE QUINHENTOS PÉS EM TORNO DA BAÍA DE PORT ROYAL – EXATAMENTE ONDE SIR HERBERT FIZERA A DESCOBERTA.
CONSULTEI UM CATÁLOGO TELEFÔNICO E CONSEGUI LOCALIZAR O ENDEREÇO DE SALLY, A ENTEADA DO FALECIDO CAÇADOR DE TESOUROS. TELEFONEI-LHE E ELA GENTILMENTE ME CONVIDOU PARA O CHÁ NO DIA SEGUINTE. A RESIDÊNCIA DE SALLY NÃO ERA MAIS A MANSÃO SENHORIAL E CAMPESTRE, CENTRO DAS SOFISTICADAS BADALAÇÕES DO VELHO SIR HERBERT...
6

MORAVA NUM PACATO SUBÚRBIO DE LONDRES A UMA HORA DE TREM. O VELHO AO MORRER DEIXARA SUA FORTUNA BASTANTE DILAPIDADA...
SALLY VIVIA DE UMA PEQUENA RENDA. SERVIU CHÁ E COMEÇAMOS A CONVERSAR. SÚBITO, PUXEI O ASSUNTO QUE ME LEVARA ATÉ ALI.
O QUE ACONTECEU FINALMENTE COM A TERCEIRA ARCA? CONTINUA ENTERRADA?
QUEM FALOU NUMA TERCEIRA ARCA?
NINGUÉM. MAS NÃO SE FAÇA DE INGÊNUA, SALLY. ESTOU BEM INFORMADO. SEI QUE ELA EXISTE.
SALLY FITOU-ME LONGAMENTE COM OS SEUS SAGAZES OLHINHOS AZUIS...
A TERCEIRA ARCA... BEM... AS DIFICULDADES PARA IÇAR PARA BORDO AS DUAS PRIMEIRAS MOSTRARAM A SIR HERBERT QUE LEVARIAM MAIS UMAS TRÊS OU QUATRO HORAS PARA EMBARCÁ-LA.
AINDA DEVE ESTAR LÁ, ENTERRADA. MAS É POSSÍVEL QUE DEPOIS DO LEILÃO EM NEW YORK, QUE OBTEVE TANTA REPERCUSSÃO...
...A HISTÓRIA TENHA SE ESPALHADO E CERTAMENTE CHEGADO AO CONHECIMENTO DAS AUTORIDADES EM HONDURAS...

PAÍSES QUE ENCERRAM TESOUROS OCULTOS NÃO APRECIAM FORASTEIROS QUE CHEGAM DIZENDO-SE TURISTAS OU ARQUEÓLOGOS E SAEM SORRATEIRAMENTE CARREGANDO SUAS RIQUEZAS...
COMPREENDO. MAS AQUI ESTÁ UM MAPA DA BAÍA DE PORT ROYAL. TRATA-SE DE UMA CÓPIA DO ORIGINAL QUE CONSULTEI NO MUSEU DE LONDRES. INDIQUE O LOCAL ONDE ESTÁ ENTERRADA A TERCEIRA ARCA.
ESQUEÇA O ASSUNTO, MEU CARO. EU SIMPLESMENTE ME RECUSO A METÊ-LO EM ENCRENCAS.
QUE TIPO DE ENCRENCA?
BEM... SE VOCÊ QUISER APODRECER EM ALGUMA PRISÃO IMUNDA DE TEGUCIGALPA...
SALLY, SALLY... SINCERAMENTE, VOCÊ ME COMOVE... MAS NÃO SE PREOCUPE COMIGO. SEREI MUITO CAUTELOSO. PROMETO.
MUITO BEM. ESTÁ AQUI.
ÓTIMO. IREI ATÉ LÁ. E CERTAMENTE VOCÊ TERÁ BOA PARTE NOS LUCROS...
DESPEDI-ME DE SALLY AGRADECENDO-LHE A HOSPITALIDADE E AS INFORMAÇÕES, E VOLTEI PARA LONDRES.
8

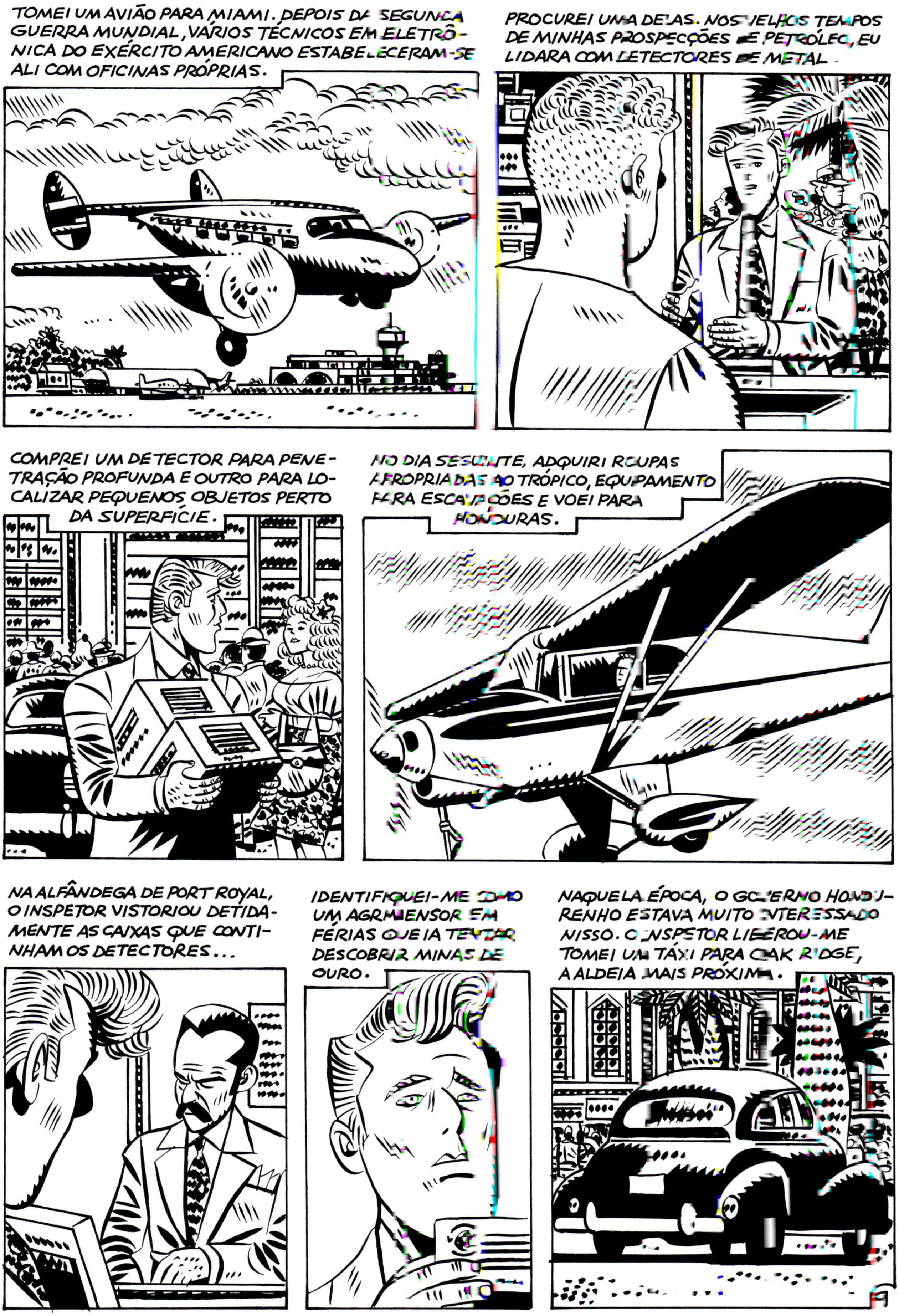
TOMEI UM AVIÃO PARA MIAMI. DEPOIS DA SEGUNDA GUERRA MUNDIAL, VÁRIOS TÉCNICOS EM ELETRÔNICA DO EXÉRCITO AMERICANO ESTABELECERAM-SE ALI COM OFICINAS PRÓPRIAS.
PROCUREI UMA DELAS. NOS VELHOS TEMPOS DE MINHAS PROSPECÇÕES DE PETRÓLEO, EU LIDARA COM DETECTORES DE METAL.
COMPREI UM DETECTOR PARA PENETRAÇÃO PROFUNDA E OUTRO PARA LOCALIZAR PEQUENOS OBJETOS PERTO DA SUPERFÍCIE.
NO DIA SEGUINTE, ADQUIRI ROUPAS APROPRIADAS AO TRÓPICO, EQUIPAMENTO PARA ESCAVAÇÕES E VOEI PARA HONDURAS.
NA ALFÂNDEGA DE PORT ROYAL, O INSPETOR VISTORIOU DETIDAMENTE AS CAIXAS QUE CONTINHAM OS DETECTORES...
IDENTIFIQUEI-ME COMO UM AGRIMENSOR EM FÉRIAS QUE IA TENTAR DESCOBRIR MINAS DE OURO.
NAQUELA ÉPOCA, O GOVERNO HONDURENHO ESTAVA MUITO INTERESSADO NISSO. O INSPETOR LIBEROU-ME. TOMEI UM TÁXI PARA OAK RIDGE, A ALDEIA MAIS PRÓXIMA.

PELO MEIO-DIA, EU CHEGAVA A OAK RIDGE. FAZENDO ALGUMAS PERGUNTAS, DESCOBRI O ENDEREÇO DE EMILY MCTHUBB, RECOMENDADA POR UM AMIGO EM MIAMI.
EMILY ERA DONA DE UMA MODESTA PENSÃO, LIMPA E ACONCHEGANTE, E DE UMA PITORESCA LOJA ONDE VENDIA DE TUDO.
DISSE-LHE QUE EU ERA UM HOMEM DE NEGÓCIOS EM FÉRIAS, QUE MEU "HOBBY" ERA A HISTÓRIA DA PIRATARIA E QUE PRETENDIA ALUGAR UM BARCO PARA PASSAR UMA OU DUAS SEMANAS "DANDO UMA OLHADA POR AÍ".
EMILY SUGERIU QUE EU PROCURASSE UM CERTO TED CATFISH. TED ERA UM "HOMEM DAS ILHAS". ISTO É, UM DOS INÚMEROS AVENTUREIROS DE PASSADO NEBULOSO QUE SE REFUGIARAM NA REGIÃO.
CONTRATEI-O COMO GUIA E ALUGUEI SEU BARCO.
FOMOS PERCORRER A COSTA. AO ENTARDECER, OBSERVEI QUE, EM CERTO PONTO, A PRAIA TERMINAVA ABRUPTAMENTE.
POR QUE A PRAIA ACABA ALI?
É A ENTRADA DA BAÍA DE PORT ROYAL. VAMOS VISITÁ-LA AMANHÃ. ESTÁ ESCURECENDO E PRECISAMOS VOLTAR.
10

EM MEU QUARTO NA PENSÃO DE EMILY, FALEI A TED SOBRE A TERCEIRA ARCA E MOSTREI-LHE O MAPA.
PRECISO DA SUA AJUDA E DO SEU SILÊNCIO, TED. SE DESCOBRIRMOS ALGUMA COISA, VOCÊ RECEBERÁ VINTE POR CENTO.
OK. DEIXE COMIGO. CONTRATAREI OS HOMENS PARA CAVAR.
PROPOSITADAMENTE, OMITI O MEU ACORDO COM SALLY. AFINAL, ELA JÁ TIVERA SUA PARTE... UMA GENEROSA PARTE! E ESTAVA LONGE, NA INGLATERRA...
AGORA, VAMOS AO BAR COMEMORAR NOSSA SOCIEDADE COM UMA CERVEJA BEM GELADA!
AO CHEGARMOS AO BAR DA PENSÃO, TIVE UMA TERRÍVEL SURPRESA.
SALLY!!
ALÔ! VIM MATAR AS SAUDADES! E PELO QUE VEJO, ISSO POR AQUI NÃO MUDOU MUITO DESDE OS VELHOS TEMPOS!
ESTE É TED CATFISH, MEU GUIA. FALEI-LHE SOBRE SIR HERBERT E A TERCEIRA ARCA. OFERECI-LHE VINTE POR CENTO SE...
QUERO CINQUENTA!
IMPOSSÍVEL, SALLY!
CINQUENTA POR CENTO! AFINAL, SÓ EU SEI COM EXATIDÃO ONDE ESTÁ A ARCA...
ALÉM DISSO, DESCONFIO QUE VOCÊ, SEU GRANDE VELHACO, ME EXCLUIU DA PARTILHA...
ORA, SALLY...
MEU RAPAZ... NÃO SOU A VELHOTA INGÊNUA E DESAMPARADA QUE POSSO PARECER. QUANDO PRETENDEM COMEÇAR A CAVAR?

AMANHÃ.
ÓTIMO. NÃO PRETENDO DEMORAR-ME AQUI INDEFINIDAMENTE. AGORA, SE ME DÃO LICENÇA, IREI REPOUSAR UM POUCO. FIZ UMA VIAGEM ESTAFANTE. BOA NOITE! AH! IA ME ESQUECENDO... NADA DE NATIVOS METIDOS NISSO! SÃO MUITO LINGUARUDOS. VOCÊS DOIS SÃO BASTANTE FORTES PARA CAVAR. HE! HE! HE!
MALDITA VELHOTA! POR QUE NÃO FICOU EM LONDRES?
NÃO SE PREOCUPE. ELA JÁ ESTÁ NA IDADE DE SOFRER UM ENFARTO... NUNCA PENSEI QUE TIVESSE A AUDÁCIA DE ME SEGUIR!
AO ROMPER DA AURORA, JÁ ESTÁVAMOS RUMANDO PARA UM BANCO DE AREIA CONHECIDO COMO "BAIXIO DA QUERENAGEM".
FIQUEI DESAPONTADO COM O LOCAL. O PONTO MAIS ALTO ESTAVA A MENOS DE UM METRO ACIMA DO NÍVEL DO MAR...
... E GRANDE PARTE ERA COBERTA POR MANGUEZAIS. OS DETECTORES NÃO FUNCIONARIAM...
VAMOS TENTAR.
A GRANDE CONCENTRAÇÃO DE SAL NA ÁGUA EMITE SINAIS MUITO FORTES.
VOCÊ ACHA QUE MESMO ASSIM PODEREMOS ENCONTRAR A ARCA?
12

ESTÁ DISPOSTO A CAVAR UMA ILHA INTEIRA?
CLARO QUE NÃO! MAS ESTAMOS NO LOCAL CERTO.
JOGUEM FORA ESSAS PORCARIAS! TENHO BOA MEMÓRIA! VOU MOSTRAR-LHES ONDE ESTÁ A TERCEIRA ARCA. VAMOS!
ESPERE! MUITOS E MUITOS ANOS ATÉ QUE APARECESSE UM INCAUTO BASTANTE AMBICIOSO PARA VIR ATÉ AQUI...
...E FAZER ESTE AGRADÁVEL SERVICINHO PARA MIM! HA! HA! HA! COMECEM A CAVAR ALI, PRÓXIMO À VEGETAÇÃO. E NADA DE ESPERTEZAS!
MINHA PONTARIA CONTINUA MUITO BOA. SIR HERBERT ERA EXCELENTE ATIRADOR E ME CONSIDERAVA SUA MELHOR DISCÍPULA...

EU CAVO PRIMEIRO.
VÁ DEVAGAR... BEM DEVAGAR...
LENTAMENTE, CAVEI UM BOM BURACO. SALLY ABRIGARA-SE À SOMBRA DO MANGUEZAL. ERA UMA FIGURA OBSTINADA...
VOCÊ ESTÁ FORA DE FORMA, RAPAZ! CAVE MAIS DEPRESSA! O SOL NESTE AREIAL É TERRÍVEL!
É A MINHA VEZ!
NÃO TENHA PRESSA, SÓCIO. O CALOR VAI COZINHAR OS MIOLOS DA VELHOTA...
SE NÃO SE APRESSAREM, MEUS FILHOS, VOCÊS JAMAIS VERÃO A COR DO TESOURO. O VELHO CAPITÃO MORGAN NÃO TOLERARIA TANTA PREGUIÇA EM SEUS CORSÁRIOS! TAMPOUCO SIR HERBERT. E EU PENSO COMO ELES!
TEM CERTEZA DE QUE ELA ESTÁ AQUI?
ABSOLUTA!
14

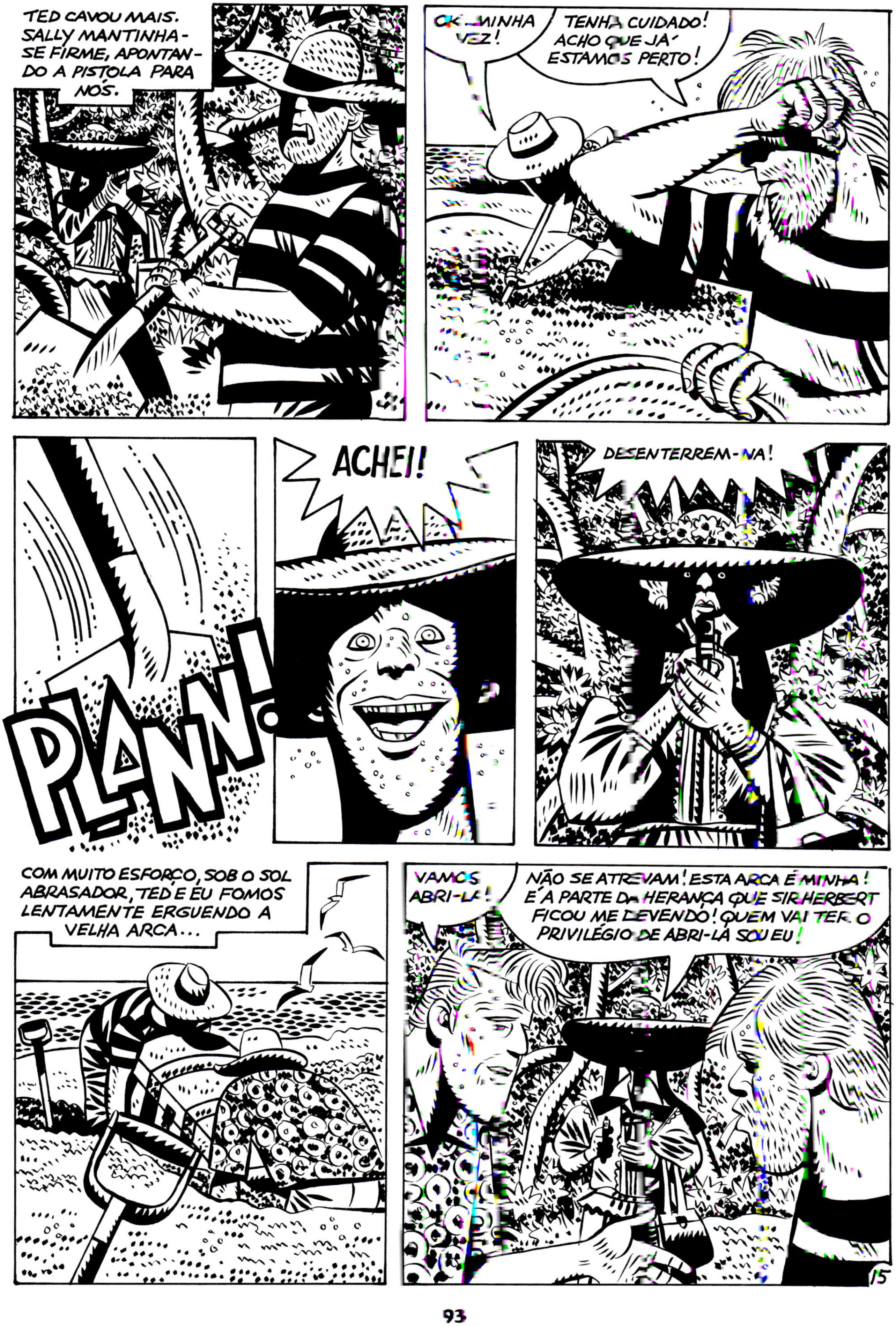
TED CAVOU MAIS. SALLY MANTINHA-SE FIRME, APONTANDO A PISTOLA PARA NÓS.
OK... MINHA VEZ!
TENHA CUIDADO! ACHO QUE JÁ ESTAMOS PERTO!
PLANN!
ACHEI!
DESENTERREM-NA!
COM MUITO ESFORÇO, SOB O SOL ABRASADOR, TED E EU FOMOS LENTAMENTE ERGUENDO A VELHA ARCA...
VAMOS ABRI-LA!
NÃO SE ATREVAM! ESTA ARCA É MINHA! É A PARTE DA HERANÇA QUE SIR HERBERT FICOU ME DEVENDO! QUEM VAI TER O PRIVILÉGIO DE ABRI-LA SOU EU!
15

ESCUTE, SALLY QUERIDA: POR QUE VOCÊ NÃO JOGA FORA ESSA MALDITA ARMA E RESOLVEMOS TUDO COMO GENTE CIVILIZADA?
NÃO SEJA TOLO, RAPAZ! A ARCA ME PERTENCE. VAMOS! SALTEM PARA DENTRO DO BURACO! RÁPIDO! FINALMENTE VOU SAIR DAQUELE SÓRDIDO CORTIÇO ONDE MORO E VOLTAR PARA O CASTELO DE SIR HERBERT!
SALLY, VOCÊ ENLOUQUECEU?
SALTEM! COLOQUEM AS MÃOS NA CABEÇA E FIQUEM DE COSTAS PARA MIM! NADA DE TRUQUES! VOCÊS ACABAM DE CAVAR A PRÓPRIA SEPULTURA!
VELHA MALUCA! VOCÊ NÃO CONSEGUIRÁ TRANSPORTAR SOZINHA TODO O TESOURO! A POLÍCIA VAI PRENDÊ-LA!
DEIXE A POLÍCIA POR MINHA CONTA! JÁ COMBINEI TUDO COM MINHA SÓCIA, EMILY MCTHUBB. ELA SE ENCARREGOU DE CONVENCER AS AUTORIDADES A FAZEREM VISTA GROSSA... O TRANSPORTE DO TESOURO ESTÁ GARANTIDO.
FINALMENTE, A TERCEIRA ARCA! HA! HA! HA! É MINHA! MINHA! ADEUS, RAPAZES! VOCÊS FORAM MUITO GENTIS! HA! HA! HA! HA! ADEUS!
BAM!
16

SALLY!
ESTÁ VAZIA!
UM BILHETE!
Querida Sally.
Eu sabia que um dia
você voltaria para
buscar a terceira arca.
Mas cheguei primeiro.
Perdão,
Dr. Bell
FIM

Tragicômica, *Praga de Urubu* é Colin em sua essência. A partir de uma brincadeira estúpida, um dos chamados "coronéis" — aqueles personagens que não são de fato coronéis, mas que exercem poder sobre uma região interiorana — enfrenta uma mudança repentina em sua sorte após maltratar um animal. Foi publicada originalmente em *Seleções de Assombração* 1, em 1995, da Ediouro.

PRAGA de URUBU
SERTÃO DE PERNAMBUCO. NA FAZENDA DO "CORONEL" HERMES SABINO...
SEVERINO, VAMOS PEGAR UM URUBU?
VIGE, CORONÉ! URUBU PRA QUÊ? ESSE BICHO É AGOURENTO...
TEXTO E ARTE: COLIN
VÁ BUSCAR O LAÇO.
ME TRAGA UM DAQUELES URUBUS. ESSES PESTES ESTÃO ME AGOURIANDO!

VUUPT!
CRUT!
TÁ AQUI O BICHO, CORONÉ!
ÓTIMO! AGORA VOU ATAR ESTE BADALO NO PESCOÇO DELE! HE! HE! HE! HE!
PRONTO! PODE SOLTAR!
VEJA LÁ, CORONÉ...
URUBU NÃO CANTA, MAS TOCA! HA! HA! HA! HA!
CORONÉ!...
PLIM! PLIM! PLIM! PLIM! PLIM! PLIM! PLIM! PLIM! PLIM! PLIM!
2

LOGO A NOTÍCIA DA JUDIAÇÃO DO "CORONEL" HERMES ESPALHOU-SE PELA REGIÃO...
PLIM! PLIM! PLIM! PLIM! PLIM! PLIM! PLIM! PLIM! PLIM!
CHIQUINHA, LÁ VAI O URUBU DO CORONÉ!
PLIM! PLIM! PLIM! PLIM! PLIM! PLIM! PLIM! PLIM!
LÁ VAI O URUBU DO CORONÉ!
VIRGEM SANTA! LÁ VAI O URUBU DO CORONEL!
CRUZ-CREDO!
JESUS!
PLIM! PLIM! PLIM! PLIM! PLIM! PLIM!

CORRERAM OS TEMPOS... O "CORONEL" HERMES SABINO COMEÇOU A SOFRER OS RE-VESES DA VIDA... PRIMEIRO, VENDEU PARTE DA FAZENDA...
DEPOIS, FOI CAINDO PAULATINAMENTE EM DECADÊNCIA...
ACABOU VENDENDO TUDO O QUE POSSUÍA E FOI MORAR COM A SOGRA...

POR FIM, TOMBADO NA MISÉRIA, HERMES ABANDONOU A FAMÍLIA E SAIU A ESMOLAR PELAS ESTRADAS.
E, PARA CÚMULO DA DESGRAÇA, FICOU CEGO...
UM DIA, HERMES FOI ENCONTRADO MORTO À BEIRA DE UMA ESTRADA...
QUANDO ERGUERAM SEU CORPO PARA LEVÁ-LO À CASA ONDE SERIA FEITO O VELÓRIO, OUVIRAM UM TILINTAR QUE SOOU SINISTRO NAQUELA HORA...
PLIM! PLIM! PLIM!
PLIM! PLIM!
PLIM! PLIM!
5

COLOCARAM O CADÁVER DE HERMES NUM CAIXÃO. SÚBITO, O URUBU COM O BADALO VEIO POUSAR NO PEITORIL DA JANELA. NINGUÉM TEVE CORAGEM DE SE MEXER.
PLIM! PLIM! PLIM!
FINALMENTE, ALGUÉM SE DECIDIU A ENXOTÁ-LO.
PLIM!
PLIM!
PLIM! PLIM! PLIM!
MAS O URUBU NÃO FOI MUITO LONGE. POUSOU NUMA ÁRVORE QUE HAVIA DEFRONTE À JANELA E ALI FICOU A NOITE INTEIRA...
NO DIA SEGUINTE, QUANDO SAIU O FÉRETRO, O URUBU REVOAVA NAS ALTURAS, TEIMANDO EM ACOMPANHAR À SEPULTURA, AQUELE QUE, POR PILHÉRIA, SE TRANSFORMARA EM SEU ALGOZ...
PLIM! PLIM! PLIM! PLIM! PLIM! PLIM! PLIM! PLIM! PLIM!
CEMITÉRIO MUNICIPAL
6

O URUBU DO CORONE' ACUMPANHÔ ELE INTE' O SUMITÉRO!
VÁ DE RETRO TINHOSO!
PLIM! PLIM! PLIM! PLIM! PLIM! PLIM! PLIM! PLIM! PLIM!
TA' TOCANDO A MARCHA FÚNEBRE!
SÚBITO, QUANDO O CORPO ERA BAIXADO À SEPULTURA...
PLIM! PLIM! PLIM! PLIM! PLIM! PLIM! PLIM! PLIM!
...PARA ESPANTO DE TODOS, O URUBU VOOU RENTE A COVA DO CORONEL HERMES, E...
CRUZ-CREDO! O BADALO CAIU!
PLIM!
FIM

Tendo chegado aos leitores pela primeira vez em 1995, na revista *Almanaque Assombração* 1, da Ediouro, *Viu a Caveira?* remete a um dos vários "causos" sobrenaturais que cercam os moradores das áreas rurais brasileiras.

VIU a CAVEIRA?

UÉ! QUE DIABO DE CAVEIRA É ESSA QUE VOCÊ VIU?
HA! HA! HA! HA! NÃO VI CAVEIRA ALGUMA! MAS, QUANDO ELE PERGUNTA: "VIU A CAVEIRA?", TODO MUNDO, PRA SE VER LIVRE DELE, RESPONDE: "VI".
MAS SE ALGUÉM DISSER QUE NÃO VIU A TAL CAVEIRA, ELE GRUDA E NÃO LARGA SEM ANTES CONTAR A HISTÓRIA TODA...
M-MAS QUE HISTÓRIA É ESSA?
CONTAM OS MAIS ANTIGOS, AQUI, DE PINGUELA ALTA, QUE A COISA SE PASSOU HÁ UNS QUARENTA ANOS...
FOI NA VELHA FAZENDA DO FALECIDO CORONEL MARCELINO GODÓI, O MAIOR PLANTADOR DE CAFÉ DESTA REGIÃO.
2

O CORONEL MARCELINO NEGOCIAVA MUITO COM TROPEIROS VINDOS DE MINAS GERAIS. COMPRAVA MUITOS ANIMAIS PARA O TRANSPORTE DA SAFRA.
CERTO DIA, ACOMPANHANDO UMA DAQUELAS TROPAS, CHEGOU À FAZENDA UM PEÃO MUITO MOÇO, CHAMADO JUCA.
QUANDO SUA TROPA FOI VENDIDA E SEUS CAMARADAS RETORNARAM JUCA FICOU NA FAZENDA, CONTRATADO PELO CORONEL COMO DOMADOR.
JUCA ERA ÓTIMO GINETE E EXCELENTE PESSOA. LOGO CONQUISTOU A ESTIMA DE TODOS.
3

CERTO DIA, JUCA CAIU DOENTE.
A PRINCÍPIO, NINGUÉM DEU MUITA IMPORTÂNCIA AO FATO. ACHAVAM QUE JUCA LOGO SE RECUPERARIA.
MAS JUCA PIORAVA CADA VEZ MAIS. SEU ESTADO ERA MUITO GRAVE.
NÃO GOSTEI DO ASPECTO DO JUCA. ESTÁ MUITO MOFINO...
ELE NÃO TEM FAMÍLIA, CORONEL, E AQUI NÃO TEMOS RECURSOS PRA TRATAR DELE.
É MELHOR QUE ELE VÁ PARA PINGUELA ALTA. LÁ, TERÁ COMO SER CUIDADO. QUE SIGA AMANHÃ MESMO.
MAS JUCA ESTAVA EM TAL ESTADO DE FRAQUEZA, QUE NÃO AGUENTARIA UMA VIAGEM A CAVALO NEM EM CARRO DE BOI, DEVIDO AOS SOLAVANCOS DA ESTRADA.
4

CORONEL, O JEITO É LEVAR O JUCA ATÉ PINGUELA ALTA NUMA REDE.
ENTÃO ARRANJE QUEM QUEIRA CARREGÁ-LO.
COMO O JUCA ERA MUITO ESTIMADO, SEIS AMIGOS LOGO SE PRONTIFICARAM A TRANSPORTÁ-LO.
E, NO DIA SEGUINTE, BEM CEDO, LÁ FORAM ELES, CARREGANDO O POBRE JUCA ESTIRADO NUMA REDE.
A DISTÂNCIA ENTRE A FAZENDA E PINGUELA ALTA ERA GRANDE E, EM CERTO TRECHO DA ESTRADA, OS HOMENS PARARAM PARA DESCANSAR À SOMBRA DE UMA FRONDOSA ÁRVORE.
5

INDA FALTA UM BOCADO DE ESTRADA ATÉ CHEGAR A PINGUELA ALTA, E O JUCA PESA PRA BURRO!
E DAÍ? ELE É NOSSO AMIGO. TEM OUTRO JEITO?
TEM. É MELHOR A GENTE METER LOGO UMA BALA NA CABEÇA DELE. DEPOIS ENTERRAMOS, E PRONTO... ELE NÃO VAI ESCAPAR DESSA MESMO...
OLHA, BERNARDO, SE EU MORRER, UMA NOITE DESSAS VENHO TE ENCONTRAR NA ESTRADA!
VEM, DESGRAÇADO, QUE COM ESTA GARRUCHA ARREBENTO OS DENTES DA TUA CAVEIRA!
TODOS RIRAM DAQUELA BRINCADEIRA, E, JÁ DESCANSADOS, ERGUERAM A REDE E RUMARAM PARA SEU DESTINO.
NAQUELA ÉPOCA, HAVIA AQUI, EM PINGUELA ALTA, UMA ENFERMARIA NO CONVENTO DAS FREIRAS. JUCA FOI DEIXADO LÁ.
6

UMA SEMANA DEPOIS...
CORONEL, O JUCA MORREU!
Ô, DIACHO! QUE DEUS O TENHA! PROVIDENCIE UM ENTERRO DECENTE PARA ELE!
DUAS SEMANAS DEPOIS EM CERTA NOITE MUITO ESCURA, BERNARDO VOLTAVA PARA A FAZENDA, VINDO DE UMA VENDINHA ONDE FORA FAZER COMPRAS E TOMAR UNS TRAGOS...
ALGUÉM VEM VINDO AÍ A GALOPE! QUEM SERÁ, A ESTAS HORAS DA NOITE?
PLOTOC! PLOTOC! PLOTOC! PLOTOC! PLOTOC! PLOTOC!
BOA NOITE, BERNARDO!
T'ESCONJURO! E-ESSA V-VOZ!... É M-MECÊ, J...JU...
MECÊ ME CONHECE?

QUANDO BERNARDO TENTOU RECONHECER O CAVALEIRO NA ESCURIDÃO, SURGIU DIANTE DELE APENAS UMA CAVEIRA LUMINOSA, EXIBINDO UM SORRISO SINISTRO!
HE! HE! HE! HE!
APAVORADO, BERNARDO FUGIU EM DISPARADA. A HORRÍVEL CAVEIRA FICOU AINDA, POR INSTANTES, PAIRANDO NA ESCURIDÃO DA NOITE!...
HE! HE! HE! HE! HE!
FOI ASSIM QUE BERNARDO ENLOUQUECEU E TORNOU-SE O NOSSO FOLCLÓRICO CAVEIRINHA... HA! HA! HA! HA!
CARAMBA!
VIU A CAVEIRA?
FIM

O Passeio da Peste, extraído de *Pesadelo* [illegible] de 1981, da Editora Vecchi, ocorre no século XVI, quando as missões da Companhia de Jesus trilhavam os mais longínquos territórios do Brasil para catequisar os indígenas. Mas não é somente essa ordem religiosa que tem objetivos definidos para os nativos, como Colin nos revela nas próximas páginas...

O PASSEIO da PESTE
MAVIGNIER
COLIN
É CRENÇA GERAL ENTRE OS NOSSOS ÍNDIOS QUE UMA DOENÇA, UMA EPIDEMIA, UMA SECA PROLONGADA OU UMA ENCHENTE AVASSALADORA SÃO PROVOCADAS POR ALGUÉM: UM INIMIGO VINGATIVO, UM PAJÉ MALÉVOLO, UMA CUNHÃ HUMILHADA...
FOI HÁ MUITO TEMPO, EM MEADOS DO SÉCULO XVI, QUANDO, NO BRASIL, OS PADRES DA COMPANHIA DE JESUS INICIARAM NAS TABAS INDÍGENAS A ÁRDUA MISSÃO DA CATEQUESE.
OH, SENHOR TODO-PODEROSO, CRIADOR DO CÉU E DA TERRA! PROTEGEI ESTE VOSSO PEQUENO REBANHO! PELO AMOR DE VOSSO FILHO, JESUS CRISTO, FAÇA CHOVER!
1

HÁ TRÊS MESES QUE NÃO TOMBA DOS CÉUS UMA SÓ GOTA D'ÁGUA! O MILHO ESTÁ SECANDO ANTES DE ESPIGAR E O MANDIOCAL MURCHOU. VAI HAVER FOME!
ESTÃO ESCASSEANDO AS ÁGUAS NAS RIBEIRAS E ESTES VOSSOS FILHOS ESTÃO CAVANDO A TERRA PARA ENCONTRAR LÍQUIDO BARRENTO E IMPURO QUE LHES MATARÁ A SEDE...
NA LAMA PÚTRIDA DAS LAGOAS, OS PEIXES MORREM AOS MONTÕES, ESPALHANDO NO AR RESSEQUIDO O FEDOR DA DECOMPOSIÇÃO...
SE VÓS, EM VOSSA IMENSA MISERICÓRDIA, NÃO NOS SOCORRER, UMA TERRÍVEL EPIDEMIA AVASSALARÁ TODA ESTA TERRA...
JÁ DOIS CURUMINS QUE FORAM MARISCAR NO BREJO CAÍRAM COM FEBRE DE MAU-CARÁTER...
TENDE PIEDADE DE NÓS, SENHOR! SOU UM MÍSERO SERVO VOSSO, SEM RECURSOS, SEM MEDICAMENTOS, ISOLADO NESTES SERTÕES!

POBRES CRIATURAS! RECEIAM E REFUGAM QUALQUER CONSELHO DE HIGIENE...
TUIM ESTÁ COM FEBRE...
HUM! COM CERTEZA DEIXASTES QUE ELE SE METESSE COM OS OUTROS PELOS BREJOS!
EU JÁ AVISEI A TODOS QUE SE AFASTEM DA PODRIDÃO DAS LAGOAS E BANHADOS! AQUELA FEDENTINA TRAZ DOENÇA!
ESTÁ ARDENDO EM FEBRE! TALVEZ SEJA A MALIGNA! VÊS? NÃO FAZEIS CASO DO QUE DIGO!
AGASALHA BEM O MENINO COM ESTE COBERTOR E DEITA-O NA REDE. COZINHA ESTAS ERVAS EM POUCA ÁGUA, E LOGO QUE ESTIVER FERVENDO, TIRA A PANELA DO FOGO E VEM AVISAR-ME!
3

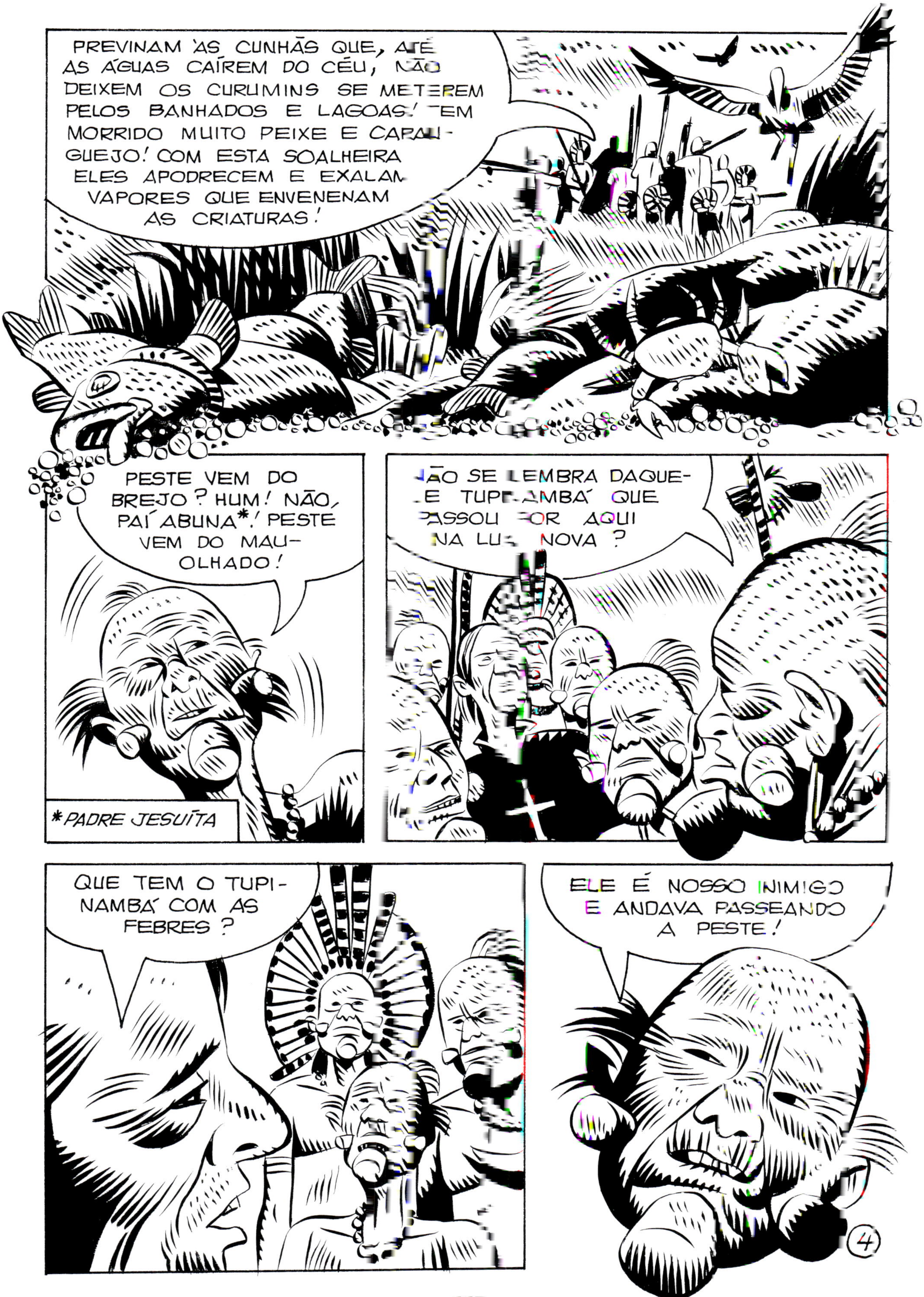
PREVINAM ÀS CUNHÃS QUE, ATÉ AS ÁGUAS CAÍREM DO CÉU, NÃO DEIXEM OS CURUMINS SE METEREM PELOS BANHADOS E LAGOAS! TEM MORRIDO MUITO PEIXE E CARAN-GUEJO! COM ESTA SOALHEIRA ELES APODRECEM E EXALAM VAPORES QUE ENVENENAM AS CRIATURAS!
PESTE VEM DO BREJO? HUM! NÃO, PAÍ ABUNA*! PESTE VEM DO MAU-OLHADO!
*PADRE JESUÍTA
NÃO SE LEMBRA DAQUE-LE TUPINAMBÁ QUE PASSOU POR AQUI NA LUA NOVA?
QUE TEM O TUPI-NAMBÁ COM AS FEBRES?
ELE É NOSSO INIMIGO E ANDAVA PASSEANDO A PESTE!
4

NÃO TE LEMBRAS, PAÍ ABUNA, COMO ELE, SENDO TÃO MOÇO, CAMINHAVA CURVADO COMO UM VELHO? PARECIA TÃO TRISTE E TÃO CANSADO! POIS ELE ESTAVA PASSEANDO A PESTE! ELE FOI A DESGRAÇA!
ANHÊ SUPI AQUÉRA! *
ANHÊ TE CATU! **
ANHEREI! ***
* É ISSO AÍ!
** FALOU!
*** TÁ FALADO!
CONTE-ME, ENTÃO, JOÃO BATISTA, DE QUE FORMA A PESTE PASSEIA! QUERO APRENDER AS TUAS HISTÓRIAS!
EU, PORANDUBAÇARA*, BATIZADO JOÃO BATISTA, SOU MUITO VELHO E JÁ VI E OUVI MUITAS COISAS, PAÍ ABUNA! E ESTAS COISAS EU SÓ POSSO NARRAR A MEUS IRMÃOS... É O NOSSO COSTUME!
*NARRADOR
EU ENTENDO, JOÃO BATISTA. MAS JÁ FAZ MUITAS LUAS QUE EU COMO A MESMA COMIDA E DURMO NA MESMA ALDEIA QUE TU E TEUS IRMÃOS! AGORA, SOU UM DOS TEUS!
MAIABÊ CATU SUPI RUPI!* POR ISSO, HOJE, VOU FALAR SOBRE O PASSEIO DA PESTE!
*AH, COMO É VERDADE!
5

ERA NO TEMPO DOS CAJUS MADUROS E TODO O POVO DOS GOIANAZES ANDAVA NA COLHEITA DOS FRUTOS...
...PARA PREPARAR O ACAJUI, A SABOROSA BEBIDA COM QUE SE EMBRIAGAM NO PORACÊ, A DANÇA SAGRADA.
ISTO FOI ANTES. MUITO ANTES QUE OS CARAÍBAS CHEGASSEM AQUI PELA PRIMEIRA VEZ.
UM HOMEM DAQUELE POVO, CHAMADO ATEIMA-OÇU*, TENDO JÁ ENCHIDO DE CAJUS UM GRANDE PANACU...
*PREGUIÇOSO
...E COMO O SOL ESTAVA MUITO QUENTE, E ELE SE SENTIU CANSADO, DEITOU-SE À SOMBRA DE UM CAJUEIRO E ADORMECEU PROFUNDAMENTE.
QUANDO DESPERTOU, A LUA CHEIA SURGIA POR TRÁS DAS MONTANHAS E ATEIMA-OÇU ADMIROU-SE DE TER DORMIDO TANTO. FOI ENTÃO QUE ELE VIU UMA APARIÇÃO HORRÍVEL!
6

AO LONGE, POR ENTRE OS ÚLTIMOS CAJUEIROS DA PRAIA, ASSOMAVA UMA MULHER MUITO ALTA, ENVOLTA NUM LONGO SUDÁRIO BRANCO, AGITADO PELA BRISA DO MAR...
A MULHER SE APROXIMAVA CADA VEZ MAIS, E JÁ VINHA PERTO...
...QUANDO ATEIMA-OÇU TEVE GRANDE MEDO E QUIS FUGIR...
...MAS NÃO PÔDE! A MULHER-FANTASMA ESTENDEU UM BRAÇO MUITO LONGO, E AGARROU-O PELO OMBRO, OBRIGANDO-O A DETER-SE!
7

IAAAAARRRGH!
SABES QUEM SOU?
SI... SIM! ÉS A PESTE! TENHA PIEDADE! QUERO VIVER!
SABES, ENTÃO! SIM, SOU A PESTE! E ANDAVA À PROCURA DE UM HOMEM... E TU ME APARECESTE!
CHEGOU O TEMPO DE DAR O MEU PASSEIO ENTRE OS VIVOS E POR ISSO DESCI DO CÉU NUM RAIO DE LUA CHEIA!
TU ÉS O ESCOLHIDO! VAIS SER A MINHA MONTARIA E ME CONDUZIRÁS A TODAS AS NAÇÕES DESTA TERRA, A TODAS AS TABAS, A TODAS AS OCAS!...
8

VOU FAZER A MINHA COLHEITA DE VIDAS! RÊ! RÊ! RÊ! ANDA, HOMEM! CAMINHA! RÊ! RÊ!
EM PAGA DO TEU SERVIÇO, NÃO TE MATAREI. SOBREVIVERÁS A TODOS OS HOMENS!
E FORAM CAMINHANDO... O HOMEM CURVADO, OLHANDO O CHÃO, SEMPRE A CARREGAR A ASSOMBRAÇÃO...
ATEIMA-OÇU NÃO SENTIA PESO ALGUM ÀS COSTAS, MAS TODAS AS VEZES QUE ERGUIA A CABEÇA DAVA DE CARA COM A MEDONHA MULHER.
TUDO ERA PAZ E FESTANÇA PELAS TABAS. BEBIA-SE O ACAJUÍ, OS HOMENS NARRAVAM SUAS FAÇANHAS NA CAÇA E NA GUERRA, AS MULHERES CANTAVAM...
9

...OS CURUMINS FOLGAVAM...
...AS VELHAS COZINHAVAM OS SECRETOS VENENOS PARA AS FLECHAS...
...MOQUEAVA-SE A ABUNDANTE CARNE DAS FELIZES CAÇADAS, SECAVA-SE O FARTO PEIXE DAS GRANDES PIRACEMAS...
MAS TUDO MUDAVA DE REPENTE QUANDO O CABISBAIXO ATEIMA-OÇU POR ALI PASSAVA COM A PESTE A CAVALGÁ-LO...
POR ONDE ATEIMA-OÇU PASSAVA, DEIXAVA UM RASTRO MACABRO DE CADÁVERES, QUASE TODOS INSEPULTOS, APODRECENDO AO SOL E SERVINDO DE PASTO AOS URUBUS...
10

CURUMINS, CUNHÃS, VALENTES GUERREIROS E PAJÉS VENERANDOS, A TODOS A PESTE MATAVA. AS TABAS SE TRANSFORMAVAM EM ENORMES CEMITÉRIOS...
IGARITÉS VOGAVAM RIO ABAIXO, ÀS VEZES TRANSPORTANDO UM DEFUNTO COLHIDO PELA PESTE...
ATEIMA-OÇU LEVOU PRIMEIRO A PESTE ÀS ALDEIAS DE SEUS INIMIGOS, AOS CARIJÓS DO SUL, AOS VIZINHOS TUPINAMBÁS...
...E DEPOIS, NÃO RESTANDO MAIS TABA, OCA OU TIJUPAR QUE NÃO VISITASSE...
...FOI OBRIGADO A LEVAR O FLAGELO À SUA PRÓPRIA NAÇÃO! POBRE ATEIMA-OÇU! QUANTO LHE DOÍA NA ALMA VER CAIR, UM POR UM, TODOS OS SEUS IRMÃOS DE RAÇA!
11

MAS QUE FAZER? SEMPRE QUE ATEIMA-OÇU ESTACAVA, A PESTE ESPOREAVA-O, OBRIGANDO-O A SEGUIR, A LEVAR POR TODA PARTE A DEVASTAÇÃO.
TODOS JÁ MORRERAM CONTAMINADOS PELO TEU BAFO PÚTRIDO! DEIXA-ME, POIS, TERRÍVEL PESTE!
E AQUELE TIJUPAR, ALI, NA ENCOSTA DO MORRO, ESCONDIDO ENTRE AS PACOVEIRAS? VAMOS LÁ!
NÃO!
CERTO DIA, ENFIM, ATEIMA-OÇU CHEGOU À BEIRA DE UM TENEBROSO ABISMO...
DEIXA-ME AGORA, PESTE! MATASTE TODOS OS DA MINHA NAÇÃO E DAS NAÇÕES INIMIGAS...
12

ALI HÁ GENTE, HOMEM! LEVE-ME ATÉ LÁ!
NÃO! AQUELE TIJUPAR É MEU, PESTE! ALI VIVEM MINHA CUNHÃ E MEUS CURUMINS!
QUE ME IMPORTA! LEVA-ME ATÉ LÁ!
NÃO, PESTE! NÃO POSSO! NÃO POSSO SACRIFICAR MINHA FAMÍLIA!
GUAINUMBI*, MINHA MULHER, É A MINHA VENTURA. E MEUS FILHOS SÃO OS QUE CONTARÃO AOS MEUS NETOS AS MINHAS BRAVURAS E AS MINHAS VIRTUDES!
*BEIJA-FLOR
LEVA-ME AO TEU TIJUPAR! AGORA! VAMOS!
13

A ÁGUA TINGIU-SE COM O SANGUE DE ATEIMA-OÇU E OS SEUS MEMBROS DESPEDAÇADOS FORAM ARRASTADOS PELA TORRENTE.
A PESTE LARGOU-O, E, COMO NÃO POSSUÍA MAIS MONTARIA, NÃO PÔDE ALCANÇAR O TIJUPAR NA ENCOSTA DO MORRO...
14

E, DESPEDINDO-SE DA TERRA, A PESTE VOLTOU AO CÉU, SUBINDO POR UM RAIO DE LUAR.
ATEIMA-OÇU SACRIFICARA SUA VIDA PARA SALVAR SUA FAMÍLIA. E FOI ELA O TRONCO DA ATUAL NAÇÃO GOIANAZ...
E ASSIM, PORANDUBAÇARA, OU MELHOR, JOÃO BATISTA, ACREDITAS QUE AQUELE POBRE TUPINAMBÁ QUE POR AQUI PASSOU NA LUA NOVA...
...ERA A NOVA MONTARIA DA PESTE?
ANHÉ RÁU!* NÃO VISTES, PAÍ ABUNA, QUE ELE CAMINHAVA VERGADO, COMO SUPORTANDO UM GRANDE PESO? ERA PAVOR DE OLHAR PARA CIMA! AQUELE TUPINAMBÁ ESTAVA FAZENDO O PASSEIO DA PESTE!
* ASSIM É. (INFELIZMENTE.)
FIM
15

Semelhante a um filme sobre uma expedição desbravadora em direção a uma terra desconhecida que tornará ricos os seus participantes, *Terror no Inferno Verde* é uma mistura de aventura com horror, que nos mostra Colin em seu auge. A publicação original se deu em 1980, pela Editora Vecchi, no 14° número da clássica revista *Spektro*.

TERROR NO INFERNO VERDE
ALMIR DA VEIGA, CONHECIDO ANTROPÓ-LOGO, TRABALHA EM SUA CASA!...
FLAVIO COLIN
ALMIR! É MAIS INCRÍVEL DO QUE EU PENSAVA! DÊ UMA OLHADA NISTO!
FANTÁSTICO! PARECE SER UM AUTÊNTICO MAPA DE TESOURO! ONDE VOCÊ ENCON-TROU ISTO?
FOI EM MANAUS! LEMBRA-SE DAQUELAS TERRAS QUE EU FUI COMPRAR? POIS ENCONTREI UM ÍNDIO NO CAMINHO QUE PARECIA ESTAR FUGINDO DE ALGUÉM! ELE PASSOU POR MIM E DEIXOU ESTE MAPA COMIGO!

ALGUNS DIAS DEPOIS...
BEM... PARECE QUE TODOS OS CONVIDADOS ESTÃO PRESENTES! VOCÊS DEVEM ESTAR CURIOSOS E DOU RAZÃO! ANTES, PORÉM, QUERO LHES ADIANTAR QUE FORAM MINUCIOSAMENTE ESCOLHIDOS E MUITO DINHERO ESTÁ EM JOGO!
E, SE ALGUÉM DESTE GRUPO NÃO CONCORDAR COM A MINHA PROPOSTA, TERÁ QUE JURAR NADA DIZER SOBRE O ASSUNTO!
CHEGA DE MISTÉRIO, ALMIR! DIGA LOGO DE QUE SE TRATA!
ISSO MESMO! ESTAMOS CURIOSOS!
TUDO COMEÇOU QUANDO OS ESPANHÓIS CHEGARAM À AMÉRICA. A RIQUEZA DOS INCAS E FANTÁSTICAS CIDADES, COMO MACHU PICCHU, LOGO DESPERTARAM A COBIÇA DOS CONQUISTADORES...
MAS OS INCAS LUTARAM COM TODAS AS FORÇAS PARA DEFENDER SEU IMPÉRIO!
...E, ASSIM, MANUC PARET, A PEDIDO DO REI, À FRENTE DE QUINHENTOS HOMENS, DEIXOU A CIDADE LEVANDO O TESOURO...
ELES DESCERAM PELOS ANDES, CONSTRUÍRAM BALSAS NA CABECEIRA DO AMAZONAS E DESCERAM O RIO!

É AÍ QUE ENTRA O MAPA DO GUIMARÃES! SE MEUS ESTUDOS ESTIVEREM CERTOS, UMA FABULOSA FORTUNA ESTÁ À NOSSA ESPERA!
O QUE DIZEM?
AH, PODE CONTAR COMIGO!
COMIGO TAMBÉM!
SEMPRE SONHEI COM ISSO!
QUANDO PARTIREMOS?
CALMA! QUERO ALERTAR A TODOS QUE SERÁ UMA VIAGEM DIFÍCIL! A FLORESTA, OS MOSQUITOS, REGIÕES ONDE NENHUM HOMEM PÔS OS PÉS...
NÃO IMPORTA! POR UMA FORTUNA DESSA, VOU ATÉ O INFERNO BUSCÁ-LA!
APOIADO!
BEM... JÁ QUE TODOS ESTÃO DE ACORDO, PODEMOS COMEÇAR A TRAÇAR OS PLANOS DESDE AGORA! A EXPEDIÇÃO NÃO SAIRÁ BARATA, E TEMOS QUE DIVIDIR AS DESPESAS!

E ASSIM...
LÁ VAMOS NÓS!
DIAS DEPOIS, EM MANAUS...
QUER ME ALUGAR ESSE BARCO? NÃO TEMOS DATA PRA VOLTAR!
A GENTE PODE CONVERSÁ...
DÊ ADEUS À CIVILIZAÇÃO, MARA! QUANDO VOLTARMOS, ESTAREMOS RICOS!
ESPERO QUE SIM! ...NCA MAIS ...OU ME ACOSTUMAR À IDEIA DE FICAR POBRE!
SEMANAS DEPOIS...
AQUI COMEÇA A NOSSA CAMINHADA ATÉ A ALDEIA TUCUMAZÉ!
NÃO AGUENTO MAIS VER TANTO MATO E TANTA ÁGUA!
ESTOU ME SENTINDO EXAUSTO! NÃO VEJO A HORA DE ENCONTRAR ESSE TESOURO!
MAIS DE DOIS DIAS SE PASSAM, COM UMA LENTIDÃO ENERVANTE...
ENFIM, A ALDEIA! AQUI ENCO...RAREMOS U... GUIA QUE NOS ...DUZA POR ESTE INFERNO VERDE!
SIM! ARARUÊ LEVAR VOCÊS
ÓTIMO! PARTIREMOS TÃO LOGO TUDO ESTIVER ARRUMADO!

O GRUPO SE PREPARA PARA ENTRAR NA MATA, E UM CLIMA DE ANSIEDADE PARECE DOMINAR A TODOS...
...QUE PARTEM FINALMENTE, LEVANDO CONSIGO VINTE CARREGADORES RECRUTADOS ENTRE OS ÍNDIOS. OS PERIGOS DA MATA LOGO SE FAZEM SENTIR!
AH... NÃO AGUENTO MAIS ESSES INSETOS! A ÁGUA DOS CANTIS ESTÁ QUENTE! VOU ACABAR ENLOUQUECENDO!
NADA DISSO! VOCÊ SABIA DE TODAS ESSAS DIFICULDADES! DEIXE PARA ENLOUQUECER QUANDO VOLTARMOS!
AH! ENFIM, ÁGUA FRESCA! VOU BEBER ATÉ ESTOURAR!
NÃO! NÃO!
EI! O QUE É ISSO? ESTE ÍNDIO ESTÁ ME AGARRANDO!
O QUE DEU EM VOCÊ, ÍNDIO IDIOTA? SOLTE A MOÇA!
ESSA ÁGUA!... ESSA ÁGUA... ESTÁ... ME QUEIMANDO POR DENTRO! AAAAIIIIII!
INCRÍVEL! ELA ESTÁ MORTA!
EU QUERER AVISAR! RIO DA MORTE! ÁGUAS ENGANAR!

VER ESTE INSETO! ELE FICAR DURO! QUEM BEBER ÁGUA DO RIO FICAR ASSIM! NADA CRESCER EM VOLTA DE RIO DA MORTE!
A EXPEDIÇÃO PROSSEGUE, E DESTA VEZ É A FEBRE QUE DEIXA MAIS DUAS VÍTIMAS PELO CAMINHO...
E...
ESPÍRITO DA MATA ESTAR IRADO! ÍNDIOS QUERER VOLTAR!
RROOOOAR
A HOSTILIDADE DA SELVA...
BAM
...SE FAZIA SENTIR A TODOS OS MOMENTOS!

AAAH!
SOCORRO!
COM OS DIABOS!...
A SUCURI ENGOLIU O JOSÉ!...
AAII
ESTOU COMEÇANDO A ME ARREPENDER DE TER ENTRADO NISSO!
TEREMOS QUE TOMAR MAIS CUIDADO! DE AGORA EM DIANTE, FIQUEM ATENTOS!
À NOITE...
CONTINUO ACHANDO QUE É LOUCURA CONTINUARMOS! JÁ PERDEMOS QUATRO COMPANHEIROS E DOIS ÍNDIOS. ESTOU QUASE DESISTINDO!
QUE NADA! JÁ QUE CHEGAMOS ATÉ AQUI, VAMOS EM FRENTE!

PENSEM NO TESOURO QUE ESTÁ À NOSSA ESPERA!
AFINAL, ESTAMOS INVESTINDO MUITO DINHEIRO NESSE NEGÓCIO!
SÓ ESPERO QUE OS ÍNDIOS NÃO NOS DEIXEM SOZINHOS NO MEIO DO MATO!
NO OUTRO DIA...
TEREMOS QUE CONSTRUIR UMA JANGADA, PARA SEGUIRMOS RIO ACIMA!
MÃOS À OBRA, ENTÃO!
AQUI ESTOU, EM PLENA SELVA AMAZÔNICA, CORTANDO MADEIRA! ÀS VEZES, PENSO ESTAR SONHANDO!
A JANGADA FICA PRONTA E O GRUPO COMEÇA A SUBIR O RIO...
NÃO VEJO A HORA DE TERMINAR ISSO!
AAAIIIIII!
AAAIII
NÃO SE AFOBEM! NÃO VENHAM PARA ESSE LADO, OU A JANGADA VAI...
BAM

VIRARRRRRR!
ZAAP
AAAIIIII!
ZAAP
SOCORRO!
ZAAP
ZAAP
E-ELES ESTÃO SENDO DEVORADOS PELAS PIRANHAS!
É TERRÍVEL! MAIS PARECE UM PESADELO!
ESTOU QUASE ACREDITANDO NAQUELAS HISTÓRIAS DOS ÍNDIOS!
QUERO IR EMBORA DESTE LUGAR MALDITO!
E ASSIM, COMEÇAM A SUBIR O MACIÇO DE RORAIMA! CONSUMIDOS PELA FEBRE, FAMINTOS E DESESPERADOS, POR VÁRIAS VEZES O GRUPO PENSA EM DESISTIR!
TOMEM CUIDADO! A TRILHA É MUITO ESCORREGADIA!
O AVISO É INÚTIL! E MAIS UMA VÍTIMA É ENGOLIDA PELO IMENSO DESPENHADEIRO!
AAAAAIIII!

OS DIAS PASSAM E O CALOR, OS INSETOS, O CANSAÇO VÃO DEIXANDO MARCAS PROFUNDAS NO CORPO E NO ESPÍRITO DAQUELES HOMENS!
ÂNIMO, PESSOAL! LOGO ESTAREMOS NADANDO EM JOIAS E OURO!
E ENTÃO...
BEM... O MAPA TERMINA AQUI NESTA ALDEIA! CADÊ O TESOURO?
DE REPENTE, COMO SE SURGISSEM DO NADA, CENTENAS DE ÍNDIOS CERCAM O GRUPO...
TURUMÃ? VOCÊ AQUI? ESSE É O ÍNDIO QUE ME VENDEU O MAPA, ALMIR. O QUE SIGNIFICA ISSO? ONDE ESTÁ O TESOURO?
VOCÊS VIR DEPRESSA! PENA QUE MUITOS MORRERAM, MAS MESMO ASSIM GUERREIROS TER GRANDE BANQUETE NESTA NOITE!
BRANCOS NOS CHAMAR CAÇADORES DE CABEÇAS! A GENTE SÓ QUERER SE ALIMENTAR!
NÃÃO!
FIM

O flerte entre humor e suspense deu à luz *Porcos*, que traz como protagonista um homem chamado Nabor. Aqui, o autor conta, pouco a pouco, os acontecimentos que conduziram o personagem à sua nova vida, muito diferente daquela que levava anos atrás.

PORCOS
TEXTO: MAVIGNIER
ARTE: COLIN
NUM BAR, EM CURITIBA...
OLHA QUEM ESTÁ CHEGANDO...
BAH! QUE CARA GRANDE! QUEM É?
SÉRGIO! HÁ QUANTO TEMPO! ANDA SUMIDO... TUDO BOM?
NABOR! TUDO BOM. ESTE É O MARCOS.
UI... O QUE É QUE VOCÊS ESTÃO COMENDO?
SANDUÍCHE DE PERNIL. TÁ ÓTIMO... ACEITA?
PERNIL?! AAARGH! QUE NOJO! DETESTO PORCO! QUE HORROR!
COM LICENÇA! UI!

MAS O CARA É UMA BICHA LOUCA! É... SEU AMIGO?
AMIGO... NÃO. MAS O CONHEÇO HÁ MUITO TEMPO. É DONO DE UMA FAMOSA FLORICULTURA... BAH! ME ESQUECI QUE ELE TEM AVERSÃO À CARNE DE PORCO!...
AH, É? MAS NÃO PRECISAVA DESMUNHECAR DAQUELE JEITO: "UI! DETESTO CARNE DE PORCO!" É ALGUM PRECONCEITO RELIGIOSO?
NÃO... NÃO... O MOTIVO É OUTRO...
PORRA! FIQUEI CURIOSO!
EU TE CONTO.

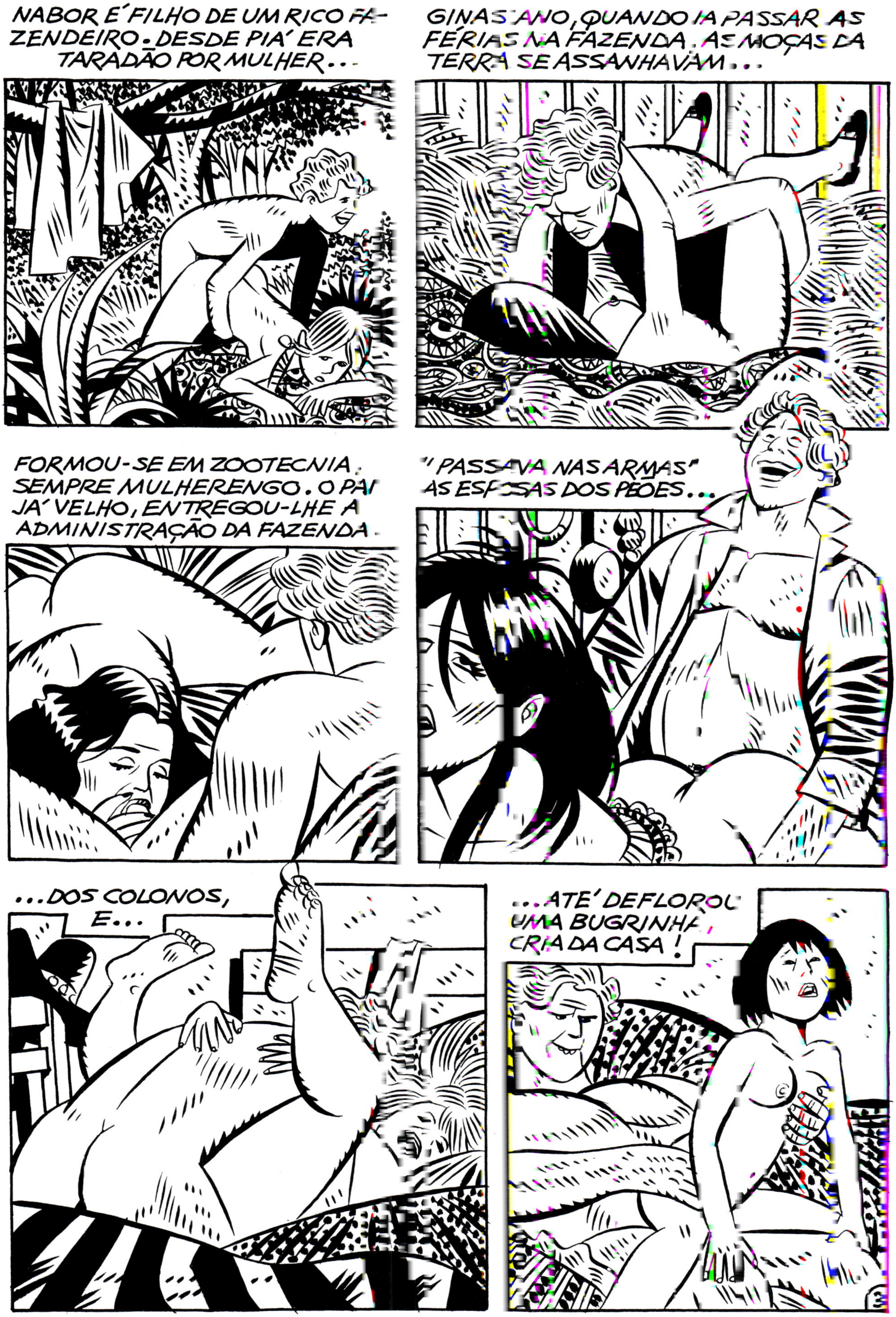
NABOR É FILHO DE UM RICO FA-ZENDEIRO. DESDE PIÁ ERA TARADÃO POR MULHER...
GINASIANO, QUANDO IA PASSAR AS FÉRIAS NA FAZENDA, AS MOÇAS DA TERRA SE ASSANHAVAM...
FORMOU-SE EM ZOOTECNIA. SEMPRE MULHERENGO. O PAI JÁ VELHO, ENTREGOU-LHE A ADMINISTRAÇÃO DA FAZENDA.
"PASSAVA NAS ARMAS" AS ESPOSAS DOS PEÕES...
...DOS COLONOS, E...
...ATÉ DEFLOROU UMA BUGRINHA, CRIA DA CASA!

MANTINHA UMA "CALIENTE" AMANTE URUGUAIA...
...ALÉM DE DAR MUITOS PRESENTES À FILHA DO TABELIÃO...
ÀS VEZES, REUNIA OS AMIGOS, FECHAVA O CABARÉ E A BACANAL CORRIA SOLTA POR SUA CONTA.
APESAR DA SUA OBSESSÃO POR MULHER, NABOR ERA UM FAZENDEIRO COMPETENTE.
MAS HAVIA UM PROBLEMA QUE IRRITAVA TERRIVELMENTE NABOR...
4

É QUE NA VIZINHANÇA DE SUAS TERRAS HAVIA UM "TOLDO" DE ÍNDIOS DA NAÇÃO CAINGANG.
ERAM ÍNDIOS PACÍFICOS, ACULTURADOS, QUE VIVIAM MISERAVELMENTE.
MAS O MAIOR ORGULHO DE NABOR ERAM SEUS PORCOS DE RAÇA. ADORAVA EXIBI-LOS AOS AMIGOS E JÁ GANHARA VÁRIOS PRÊMIOS EM IMPORTANTES EXPOSIÇÕES.
ERA O MAIOR FORNECEDOR DE CARNE SUÍNA PARA O FRIGORÍFICO DA REGIÃO.
FRIGO
MAS SEU VELHO PAI, MENOS TÉCNICO, CRIAVA PORCOS À ANTIGA, E MUITOS ANIMAIS ESCAPAVAM DA "ENCERRA" E TORNAVAM-SE SEMISSELVAGENS. "ABAGUALADOS".
5

NABOR ODIAVA ESSES PORCOS ABAGUALADOS E ORDENARA A SEUS PEÕES QUE SEMPRE QUE OS ENCONTRASSEM, OS MATASSEM E ABANDONASSEM SUAS CARCAÇAS NO CAMPO.
UM DIA, NABOR FOI "VISITAR" UMA DE SUAS MULHERES...
...A JOVEM ESPOSA DE SEU CAPATAZ.
NA VOLTA, RESOLVEU DAR UM PASSEIO PELOS SEUS CAMPOS...
DE REPENTE, VÊ, AO LONGE, UM VULTO CARREGANDO ALGO ÀS COSTAS.

IMEDIATAMENTE, NABOR GALOPA EM PERSEGUIÇÃO AO VULTO.
BUGRE FILHO DA PUTA! ROUBANDO PORCO! TU ME PAGAS, DES-GRAÇADO!
JÁ TE LAÇO, LADRÃO! PORCO MEU NINGUÉM ROUBA NEM QUE SE-JA A BOSTA DE UM ABAGUALADO!
HA! HA! HA! LARGOU, CORNO! MAS TU NÃO ME ESCAPAS!
7

HANN!
HA! HA! HA! VEM! VOU TE DAR UMA CARONA!
CORRE, FILHO DA PUTA!
HA! HA! HA! HA!
TA'GOSTANDO DO PASSEIO, PORQUEIRA?
8

UMA LAGOA! HA! HA! HA! AGORA TU VAIS TOMAR O PRIMEIRO E ÚLTIMO BANHO DA TUA VIDA, SEU PORCO!
NHÊÊÊÊUU!!
SHHPLASH!
QUE TAL, BUGRÃO? SÓ FALTOU SABÃO! HA! HA! HA!
ACABOU A FARRA!
9

MALDITO LADRÃO DE PORCO!
APODREÇA AÍ, BUGRE DE MERDA, PARA ENVENENAR OS URUBUS!
EM CASA, NABOR NÃO CONTOU O INCIDENTE A NINGUÉM. JANTOU COM APETITE!
SEMANAS DEPOIS, NABOR FOI PROCURAR OUTRA DE SUAS MULHERES...
...QUE ERA A FILHA MAIS VELHA DE UM COLONO ALEMÃO QUE SE ESTABELECERA EM TERRAS FÉRTEIS NA MATA.
MAS...
10

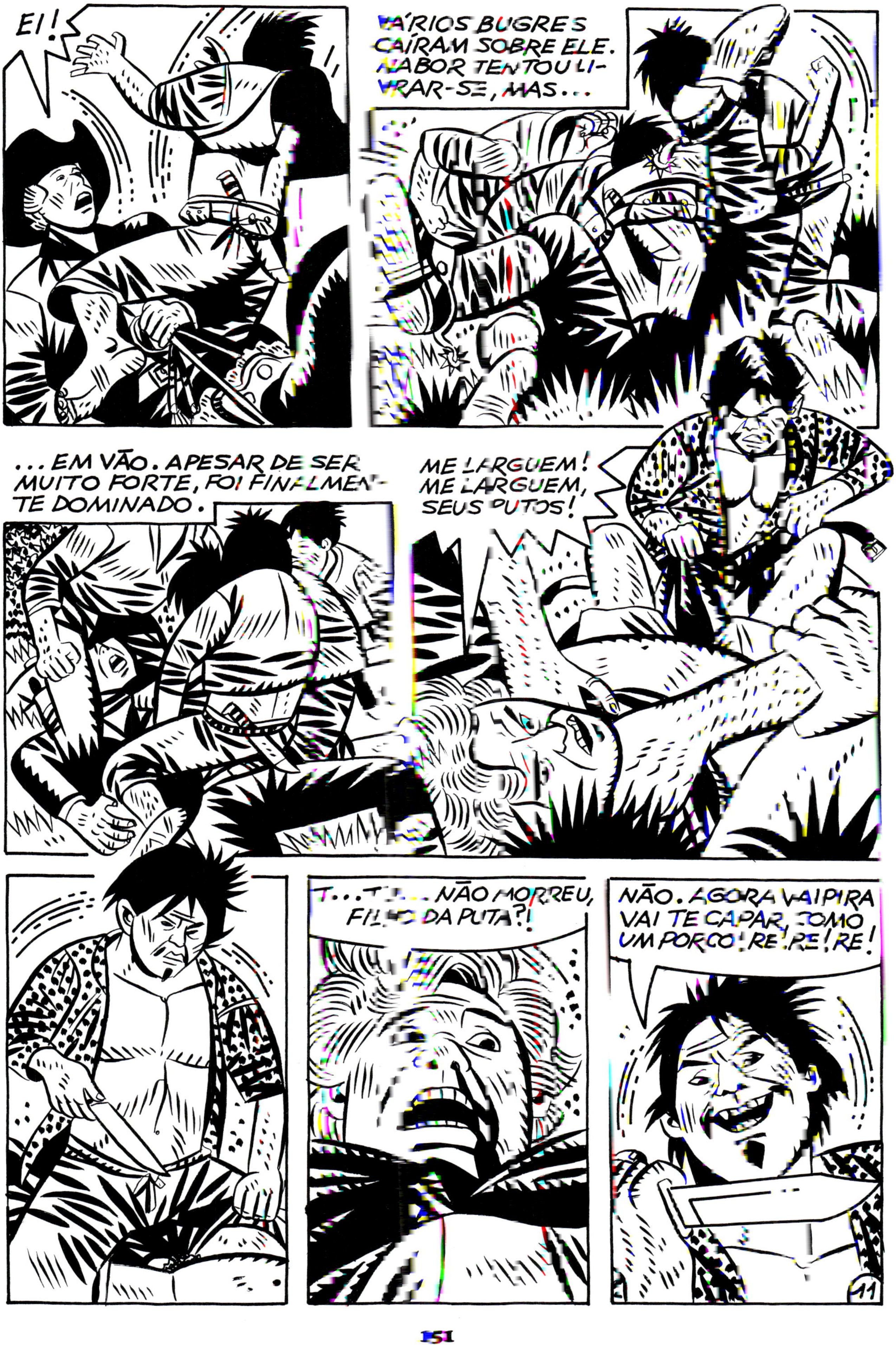
EI!
VÁRIOS BUGRES CAÍRAM SOBRE ELE. NABOR TENTOU LIVRAR-SE, MAS...
... EM VÃO. APESAR DE SER MUITO FORTE, FOI FINALMENTE DOMINADO.
ME LARGUEM! ME LARGUEM, SEUS PUTOS!
T...T... NÃO MORREU, FILHO DA PUTA?!
NÃO. AGORA VAIPIRA VAI TE CAPAR, COMO UM PORCO! RE! RE! RE!
11

OS BUGRES AMARRARAM O CORPO DE NABOR SOBRE O CAVALO, E...
...TOCARAM-NO DE VOLTA À FAZENDA.
BAH! CAPARAM MESMO O CARA?
CAPARAM. CIRURGIA PERFEITA!
BBBA
ENTÃO FOI POR ISSO QUE ELE VIROU BONECA?
EU NÃO SEI... MAS SEI QUE, DEPOIS DA "OPERAÇÃO", ELE NUNCA MAIS COMEU CARNE DE PORCO! HA! HA! HA!
FIM

Alerta de gatilho emocional: violência sexual.

José, Maria foi lançada pela primeira vez na revista *Sertão e Pampas* 8, em 1980, uma publicação erótica da editora Grafipar. Habilmente, ela alterna entre os acontecimentos simultâneos do casal José e Maria, ambos enfrentando o pior dia de suas vidas.

JOSÉ MARIA
TEXTO: MAVIGNIER
ARTE: COLIN
JÁ TÔ DE VORTA, MARIAZINHA! LÔCO DE SODADE! QUE VONTADE DANADA DE TE CHAMAR NA CHINCHA...
VIXE! JÁ FAIZ TREIS DIA QUE ZÉ SAIU PRA CAMPEAR UMA PONTA DE GADO. SERÁ QUE VORTA HOJE? NUNCA FIQUEMO TANTO TEMPO UM LONGE DO OUTRO!
O PAI SEMPRE DIZIA QUE MUIÉ NOVA E DINHEIRO GRAÚDO NUNCA SE DEVE DE LARGÁ À TOA...
1

IIIÉÉÉUUUU
BOM DIA, DONA.
VIXE! É XAVANTE! CORRE, MIMOSO! CORRE, QUE ELES VÃO NOS ORIÇÁ DE FRECHA! VÃO NOS MOÊ DE BORDUNA! CORRE, CAVALINHO!
SOCORRO!
SEBO NAS CANELA, MIMOSO! ESSES BUGRES ARCANÇAM UM VEADO GALHEIRO NA CARRÊRA!
2

PELO AMOR DE DEUS, MOÇO! NÃO, NÃO!
BUGRADA DOS INFERNO! LIGEIRO, MIMOSO!
QUIETA, DONA! PRA QUE TANTO MEDO?
ZÉÉÉÉ! ME ACUDA! ZÉÉÉÉ!
AVOA, MIMOSO! UFF! ACHO QUE SE SUMIRAM! EU NEM PUDE ME VORTÁ PRA ATIRAR NELES!
ME LARGUE! ME LARGUE! NOJENTO! ZÉÉÉ! ZÉÉÉ!
PARE DE BERRÁ QUE NEM CABRITA! O SEU ZÉ ANDA MUITO LONGE, NO CERRADO!
NÃO!! AQUILO ALI ADIANTE... MAS ENTÃO!...
3

AI, TENTAÇÃO! EU QUERO OCÊ! E-EU... UPA! OCÊ TAMBÉM MORDE, NÉ, CACHORRA!
... MAS ENTÃO ESSES DEMO- HOS ME CERCARAM POR UM TALHO! VIRGE SANTA! MAS NTES QUE ME CHEGUEM A BORDUNA...
DEITA AÍ, VADIA! QUE UM MACHO VAI TE COBRI!
PLAF
MAIS CAPETA PRO ERNO!
BAM
VAI UNHANDO, CADELINHA! VAI UNHANDO, QUE LOGO OCÊ VAI UIVÁ!
BANDIDO! BANDIDO! AIIIII!
JÁ TE O TREI MEU UÁ. VEM IS DOIS! QUA A MU CABÁ...
BAM
JÁ TÁ SE MOLHANDO, DONA? RA, RA, RA!
S-SEU... SEU... HÃÃÃÃÃ...
4

VAMO, MIMOSO! JÁ DESPACHEI CINCO EXCOMUNGADO QUE TAVAM DE TOCAIA!
EXCOMUNGADO! OCÊ ME ABUSOU, MAS EU ALEJO OCÊ!
TUM
GUENTA FIRME, MIMOSO! MARIAZINHA TÁ NOS ESPERANDO!
DIABA! QUASE ME CAPÔ! MAS JÁ QUE OCÊ É COICERA, VIRE DE QUATRO, SUA ÉGUA!
UMPF!
NUM É ASSIM QUE AS ÉGUA TOMA? ENTONCE! AGORA EU SOU TEU BAGUÁ!
FINCA OS CASCO, CAVALINHO! QUANTO MAIS LONJURA DOS BUGRE, MAIS PERTO DE CASA!
UPA! JÁ TÁ ESTROMPADO, MIMOSO? FIRME! TAMO QUASE CHEGANDO!
5

UPA! OCÊ NÃO ME ADERRUBA FÁCIL, NÃO, EGUINHA! SÔ DOMADÔ FAMOSO!
TÁ ARREBENTADO, MIMOSO? MAS TEM JEITO, NÃO! VAMO CORRÊ! UPA-UPA!
AI, MEU QUIXERAMOBIM! QUE MUIÉ ARRETADA! MEXE, REMEXE! UPA! UPA!
MIMOSO!
INDA NUM CABEI, NÃO, MOÇA! TEM MAIS! E VAMO BALANÇÁ ESSA REDE!
ZÉÉÉ!
OCÊ TÁ BAQUEADO DE VEZ, MIMOSO! DEU O QUE PUDIA! MAS NÃO POSSO FICÁ AQUI. PERCISO IR TOCANDO. SÓ VÔ ALIVIÁ OCÊ DOS ARREIO...

AI... AI... AI...
ISSO, MEU XODÓ... VAI GEMENDO! VAI GEMENDO...
ADEUS, COMPANHEIRO! EU DEVIA DE ABREVIÁ TUA AGONIA COM UMA BALA NA TUA TESTA, MAS CAREÇO DE POPAR MUNIÇÃO. INTÉ NUNCA MAIS, MIMOSO!
ADEUS, DONA. EU, DEVIA DE LHE PASSAR A PEXÊRA NA GUELA, MAS OCÊ JÁ TÁ MEIO DEFUNTA E EU SÓ GOSTO DE SANGRÁ MACHO.
SÓ TENHO MAIS TREIS BALA. SE OS BUGRE ME ARCANÇAREM, LEVO TREIS COMIGO. ADEPOIS SERÁ O QUE DEUS QUISE...
DESGRAÇADO!
HÃ?!
7

MEU PADIM CIÇO!
ROOAAR!
MEU PADIM CIÇO!
VEM, DANADA!
GRRR
ROOM
VÔ TE SANGRÁ, CACHORRO!
NÃO!
ROOAR
VÔ TE SANGRÁ, DESGRAÇADA!
8

MO-MORRE, PESTE!
OCÊ... AIIII!
ROOOAARR
OCÊ... AIIII!
OCÊ ME MATÔ, CADE-LA! MAS VÔ TE LEVÁ JUNTO COMIGO!
N-NÃÃÃO!
TUM
GRRRR
NHÃ!
MO-MORRE, PE-PESTE!
ARF! ARF!
9

M-MORRE, PESTE!
A-A...
...A... A-ADEUS!
GRUUMF!
JOSÉ...
MARIA
FIM

Abraçando de vez a galhofa e o humor, *Teimosia* revela outra fase de Flavio Colin, agora ao lado do roteirista Aporeyma, na verdade Wilson Carlos Magno, que colaborou na década de 1970 para muitos títulos eróticos nacionais.

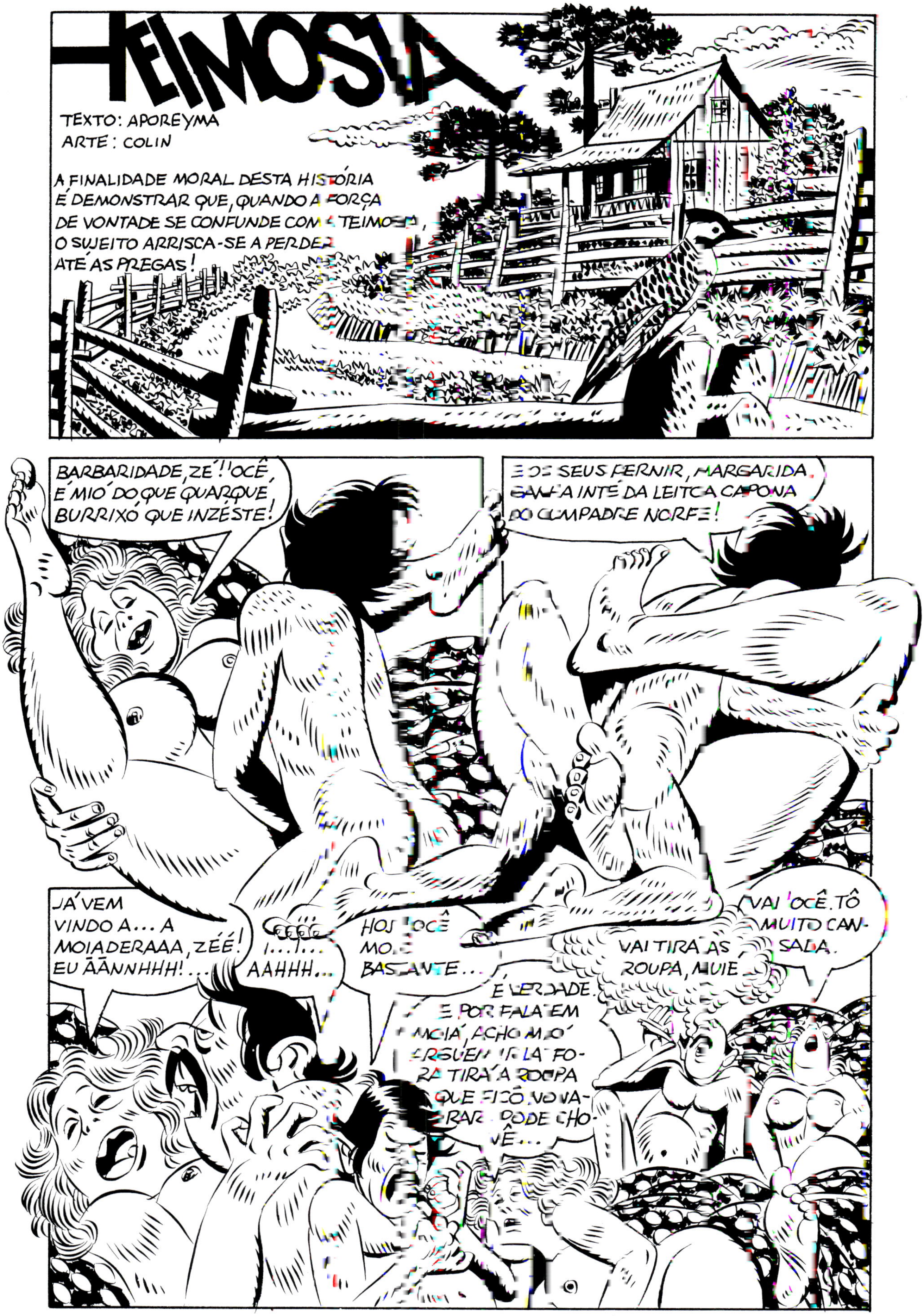
TEIMOSIA
TEXTO: APOREYMA
ARTE: COLIN
A FINALIDADE MORAL DESTA HISTÓRIA É DEMONSTRAR QUE, QUANDO A FORÇA DE VONTADE SE CONFUNDE COM A TEIMOSIA, O SUJEITO ARRISCA-SE A PERDER ATÉ AS PREGAS!
BARBARIDADE, ZÉ! 'OCÊ É MIÓ DO QUE QUARQUÉ BURRIXO QUE INZÉSTE!
E OS SEUS PERNIR, MARGARIDA, GANHA INTÉ DA LEITCA CAPONA DO CUMPADRE NORFE!
JÁ VEM VINDO A... A MOIADERAAA, ZÉÉ! EU ÃÃNNHHH!...
I... I... AAHHH...
HOJ 'OCÊ MO... BASTANTE...
É VERDADE. E POR FALÁ EM MOIÁ, ACHO MIÓ ARGUEM IR LÁ FORA TIRÁ A ROUPA QUE FICÔ NO VARAR. PODE CHOVÊ...
VAI TIRÁ AS ROUPA, MUIÉ.
VAI 'OCÊ. TÔ MUITO CANSADA.

PENSA QUE EU NUM TÔ, TAMEM?
BESTERA, MARIDO! MUIÉ CANSA MAIS.
VAMO FAZÊ UMA COISA. AQUELE QUE FALÁ PREMERO, IRÁ RECOLHÊ AS ROUPA LÁ FORA.
TÁ BÃO.
VÔ FAZÊ UMA VISITA PRO CUMPADRE ZÉ. ASSIM, APORVEITO PRA VER UM PEDAÇO DAS PERNA DAQUELA MUIÉZINHA GOSTOSA QUE ELE TEM.
VÔ ENTRÁ SEM FAZÊ BARUIO. DAS VEIS EU PEGO ELA LAVANDO OS PÉ NA GAMELA.
NHARA! ADESCURPEM MINHA ENTRADA...

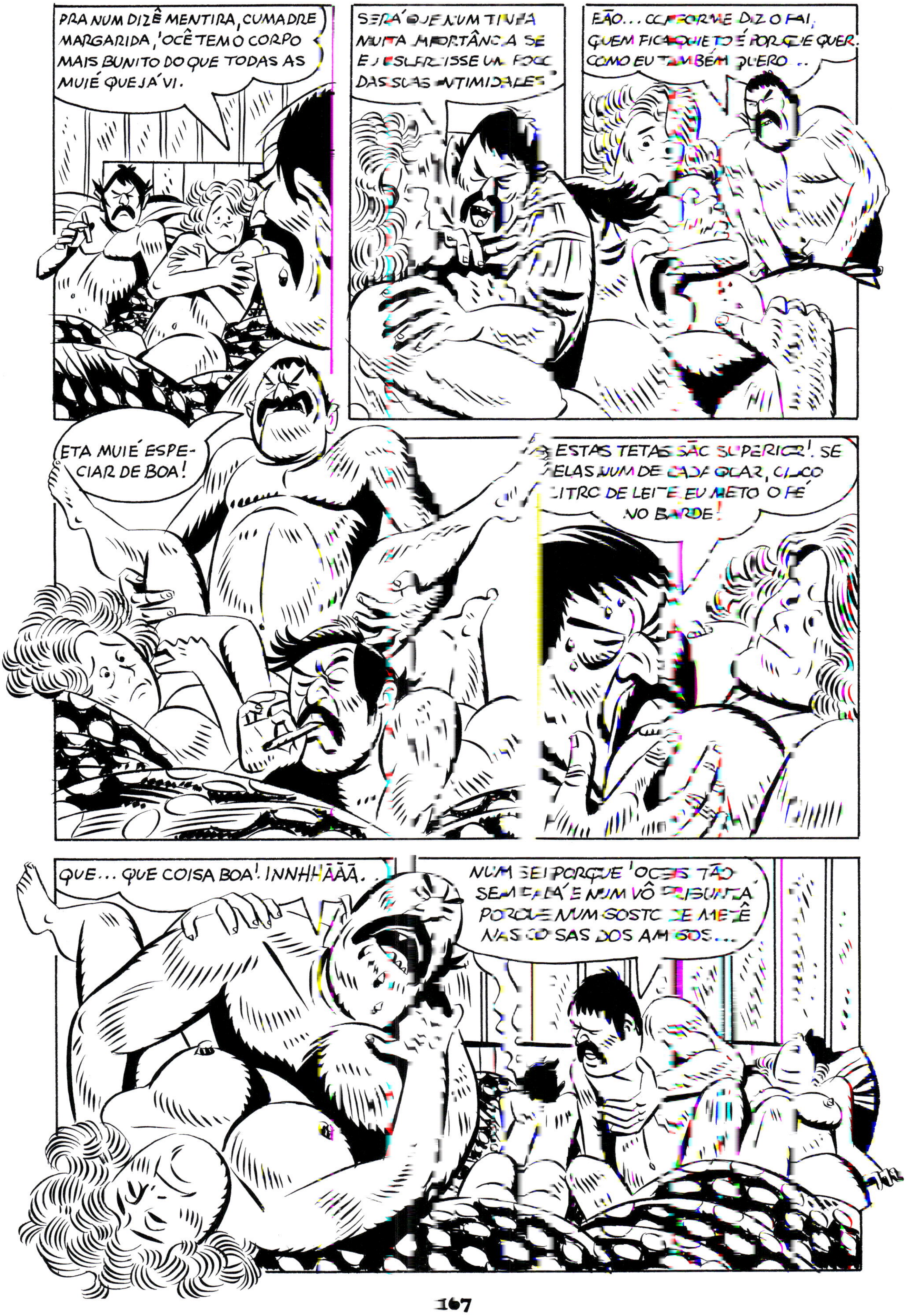
PRA NUM DIZÊ MENTIRA, CUMADRE MARGARIDA, 'OCÊ TEM O CORPO MAIS BUNITO DO QUE TODAS AS MUIÉ QUE JÁ VI.
SERÁ QUE NUM TINHA MUITA IMPORTÂNCIA SE EU ESCLARECISSE UM POUCO DAS SUAS INTIMIDADES?
ENTÃO... CONFORME DIZ O PAI, QUEM FICA QUIETO É PORQUE QUER. COMO EU TAMBÉM QUERO...
ETA MUIÉ ESPECIAR DE BOA!
ESTAS TETAS SÃO SUPERIOR! SE ELAS NUM DE CADA QUAL CINCO LITRO DE LEITE EU METO O PÉ NO BALDE!
QUE... QUE COISA BOA! INNHHÃÃÃ...
NUM SEI PORQUE 'OCÊS TÃO SEM FALÁ E NUM VÔ PERGUNTÁ PORQUE NUM GOSTO DE METÊ NAS COISAS DOS AMIGOS...

I O CUMPADRE MOSTRÔ QUI É HOME NO DURO. AGUENTÔ SEM FALAR UMA PALAVRA!
NUM QUERENDO ABUSAR DA BONDADE, SE 'OCEIS PREMITIR, EU VORTO MAIS UMAS VEIS.
QUEM TEM UNS CUMPADRE COMO EU TENHO, NUM CARECE SAIR POR AÍ BARRANQUEANDO ANIMAR, NÉ MEMO?
AGORA TENHO QUE IR CURAR A BICHERA DUMA ÉGUA TURDIA LÁ NA CASA DO ANOLINO. SINÃO, EU FICAVA PRO JANTAR.
MUITO AGRADECIDO! AMANHÃ EU TRAGO UMAS ABORBRINHA EM PAGAMENTO DA GOSTOSURA QUE ME DERAM.
QUANDO O COMPADRE SAIU...
SERÁ POSSIVE, ZÉ! 'OCÊ FOI TÃO MEDROSO A PONTO DE GUENTAR TUDO SEM ABRIR O BICO!
NHARA, MUIÉ! 'OCÊ PERDEU A APOSTA! FALÔ PREMERO! VAI TIRÁ A RÔPA DO VARAR, VAI!
FIM

O Banquete e *Vai e Vem* ilustram uma faceta bastante diferente de Colin, em parceria com Aporeyma. O próprio Colin, ao longo da produção desse tipo de trabalho, adotou o pseudônimo Sernamby, mudando completamente seu traço característico. Ambos quadrinhos saíram em *Homo Sapiens* 1, revista lançada pela Grafipar no ano de 1980.

O PANQUETE
TEXTO: APOREYMA
ARTE: SERNAMBY
AFALHA
BOM DIA!
ATRASADO OUTRA VEZ!
TECTEC
TETEC TEC TEC
TECTEC
SONADO! QUE DESCULPA TEM PARA EXPLICAR O ATRASO DE HOJE?
MEU DESPERTADOR NÃO TOCOU!
ESSA DESCULPA É MUITO VELHA! NÃO TEM OUTRA MELHOR?
CLARO QUE TENHO! MAS NÃO VOU QUEIMÁ-LA COM UM ATRASO DE APENAS CINCO MINUTOS!

VOCÊ É UM FRACASSO COMO EMPREGADO!
ENTÃO POR QUE NÃO ME PROMOVE A PATRÃO?
QUERO TODOS OS REPÓRTERES AQUI! AGORA!
ENFIM, VAI ME PROMOVER! ÀS VEZES, É PRECISO SER ENÉRGICO!
AGORA, ELE VAI ME APRESENTAR COMO O NOVO MANDACHUVA.
SONADO! ENTRE EM FORMA!
ESSE MALUCO VAI ARRANJAR CONFUSÃO!
QUERO DOIS VOLUNTÁRIOS PARA FAZER A COBERTURA DO BANQUETE NA MANSÃO DO DEPUTADO C. VACA.

QUAIS SERÃO OS IDIOTAS QUE SE APRESENTARÃO?
EU NÃO VOU.
MUITO BEM. PEGUEM SUAS COISAS E MÃOS À OBRA!
TRAIDORES!
FALSOS!
VOCÊS ME PAGAM!
VOU SOLTAR UMA BOMBA SOB A CADEIRA DE CADA UM! VOCÊS VÃO REBENTAR!
MISERÁVEL! PRECISAVA LHE DAR A IDEIA DE VOAR?

LÁ VAI O EMBAIXADOR DE ARGOLA, SEMPRE CORRENDO.
CLARO! POIS ELE É UM DIPLOMATA DE CARREIRA!
NÃO VÁ SOLTAR PIADINHAS E NEM DAR VEXAMES.
DE LEVE, BICHO! FUI PROFESSOR DO IBRAHIM SUED!
É ISSO QUE ME PREOCUPA. VOCÊS DOIS SÓ DÃO MANCADA!
NÃO ESQUENTA, NÃO. E TENHA CUIDADO PORQUE CAVALO...
...NÃO DESCE ESCADAS! UPA!
CUIDADO!
SER COLUNISTA SOCIAL HOJE EM DIA NÃO É FÁCIL! A GENTE TEM QUE VIVER BEIJANDO OS PÉS DAS MADAMES...

QUE VESTIDO MARAVILHOSO! É CLODOVIL?
NÃO! É SEDA!
PUXA! FINALMENTE ENCONTREI ALGUÉM MAIS BURRO DO QUE EU!
HUM!... SEDA!
INACREDITÁVEL QUE UM MISERÁVEL BICHINHO POSSA DAR UMA SEDA TÃO PURA!
MAS QUE AUDÁCIA! NÃO ADMITO QUE CHAME MEU MARIDO DE BICHINHO MISERÁVEL! FOI ELE QUEM ME DEU O VESTIDO!
IDIOTA! PLEBE MAL-EDUCADA!
TAP!
VENHA, DEIXE ESSA MADAME EM PAZ!
AH! FUI EU QUEM A MALTRATOU, É?
PRECISO LEVAR ALGUMA COISA PARA COMER NA REDAÇÃO.
TENHA MODOS!

ESTE MALDITO TINHA QUE PARAR NO MEU UMBIGO!
ESCUTE A MÚSICA, MEU! É MOZART!
O SENHOR GOSTA DE MOZART?
SIM, ACEITO UM PEDACINHO.
AI, QUE GRANDE! UMA DELÍCIA!
MOZART FOI UM MÚSICO, SEU CRETINO!
ERA? EU QUERIA TANTO COMER UM PEDACINHO!
ESPERE UM POUCO, QUERIDINHO. VOCÊ IRÁ COMER TUDO!
NA FALTA DE MOZART, COMA MAIONESE MESMO...
PÁ!
VENHA COMIGO, BENZINHO. VOU SATISFAZER SUA VONTADE.

SE FOR DO TAMANHO QUE REPRESENTA...
DISPA-SE TAMBÉM. VOCÊ NÃO QUERIA?
NÃO SABIA QUE SEU NOME É MOZART. O MEU É SONADO.
ACHO QUE ELA NÃO ENTENDEU DIREITO QUANDO FALEI EM COMER UM PEDACINHO DE MOZART. EM TODO O CASO...
MAS QUE FORMATO GOZADO! PARECE UM QUIBE!
É A PRIMEIRA VEZ QUE VOU COMER UM QUIBE DESSE JEITO.

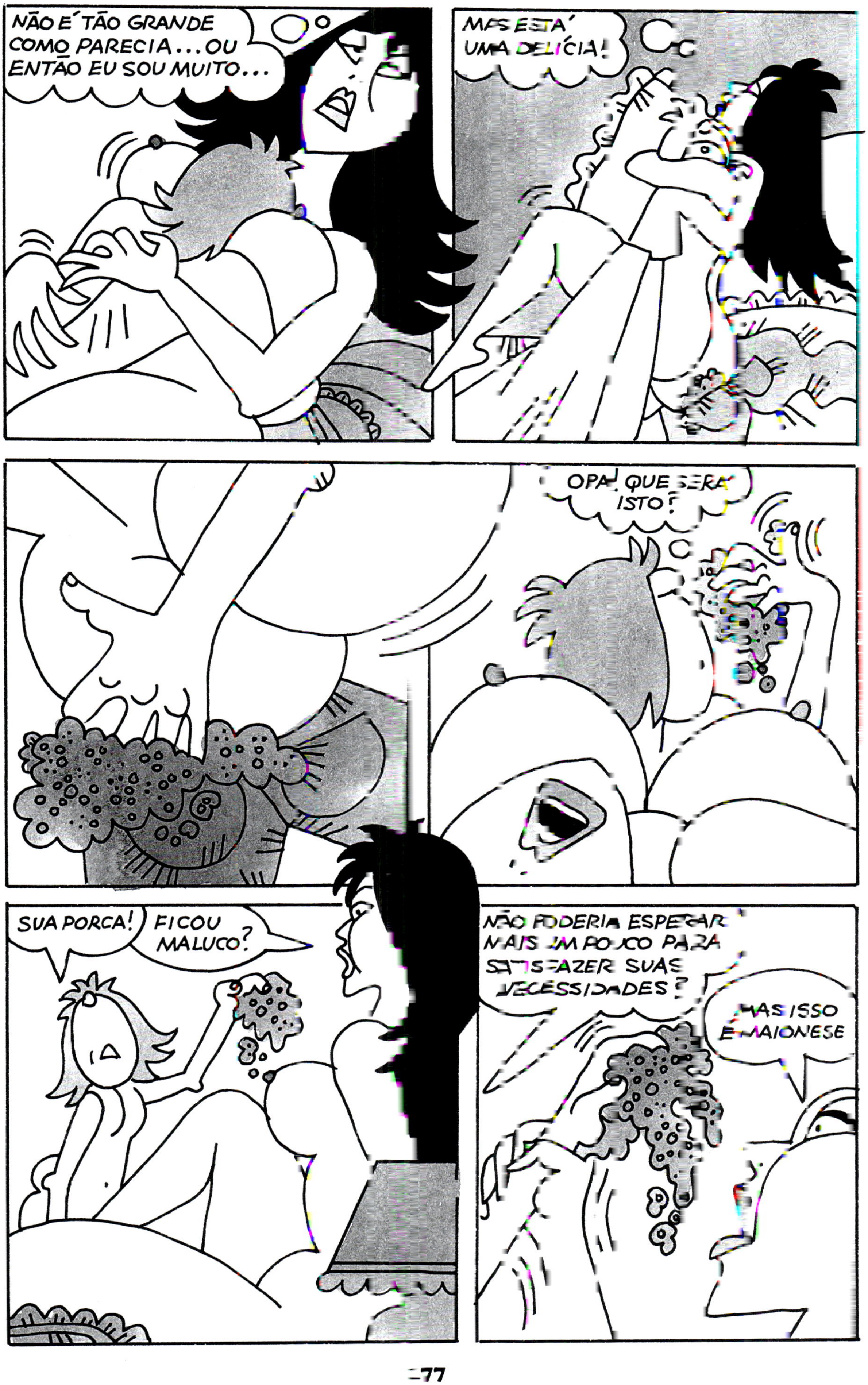
NÃO É TÃO GRANDE COMO PARECIA... OU ENTÃO EU SOU MUITO...
MAS ESTÁ UMA DELÍCIA!
OPA! QUE SERÁ ISTO?
SUA PORCA!
FICOU MALUCO?
NÃO PODERIA ESPERAR MAIS UM POUCO PARA SATISFAZER SUAS NECESSIDADES?
MAS ISSO É MAIONESE

NÓS DEITAMOS SOBRE A MAIONESE QUE HAVIA NO BOLSO DE SUA CALÇA!
MAS... QUEM PÔS ISSO AÍ?
QUE SUJEIRA!
LIVRE-SE DISTO O QUANTO ANTES!
PRECISO LIVRAR-ME DISTO DEPRESSA, SENÃO NÃO PODEREI TERMINAR O BANQUETE DE MOZART!
A FESTINHA TÁ UM BARATO, NÉ?
UM BARATO MELADO...
HÁ... OBRIGADO...
SE QUISER TOMAR AR, O TERRAÇO É LÁ EM CIMA.

NÃO HÁ LATA DE LIXO POR AQUI. SE DEIXAR ESTA PORCARIA NO CHÃO, ALGUÉM PODERÁ ESCORREGAR.
ISSO DEVE SER A CHAMINÉ DA LAREIRA. É UM BOM LUGAR...
SE CAIR NA LAREIRA, SÓ PERCEBERÃO QUANDO O INVERNO CHEGAR...
AGORA VOLTAREI AOS BRAÇOS DE MOZART!
SONADO! O QUE VOCÊ FEZ?
NADA!
POR QUE ESCOLHEU EXATAMENTE ESTE LUGAR?
ORA... VI A CHAMINÉ DA LAREIRA E...
CHAMINÉ DA LAREIRA
NÃO É

NÃO! É A TOMADA DE AR DO APARELHO DE REFRIGERAÇÃO DO SALÃO! OLHE PARA A SÚA MAIONESE, IMBECIL!
BUUÁÁÁÁ
MAMÃ!
QUE NOJO!
ME RESPEITEM.
ME RESPEITEM.
RA! RA! OLHA A CARA DELA!
LUZ!
SALÚ!

E NÃO VOLTEM MAIS, SEUS DESORDEIROS!
UI!
OH! COMO SOFRE UM COLUNISTA SOCIAL!
AGORA TEREMOS QUE INVENTAR UMA REPORTAGEM, SENÃO O SEU JOAQUIM VAI FICAR P. DA VIDA!
DEIXA COMIGO. SOU MESTRE EM INVENTAR.
...E O PRATO MAIS ACLAMADO PELOS CONVIDADOS FOI UMA... ALUCINANTE MAIONESE. VERDADEIRO "SU", SERVIDO DE MANEIRA EXTRAVAGANTÉRRIMA!
TETEC
TEC
TEC
TEC
MUITO BEM, SONADO! VOCÊS FIZERAM UM TRABALHO TÃO BOM QUE OS RECOMPENSAREI. ESTÃO ESCALADOS PARA COBRIR O...
...FESTIVAL DE MAIONESE DA CIDADE, AMANHÃ!
OH! NÃO!
FIM

APOREYMA & SERNAMBY
PRONTO. JÁ COMPREI AS PASSAGENS DE IDA E VOLTA PARA SÃO ROQUE.
AGORA IREI À CASA DE CLARA AVISÁ-LA.
RATOS?
O MEIO-DIA
FOGUETE RUMO A MARTE LEVA 5 RATOS!

ESSE NEGÓCIO DE FOGUETE SERÁ VERDADE MESMO?
CLARO! JÁ MANDARAM VÁRIOS FOGUETES COM RATOS A BORDO PARA MARTE.
QUE MANEIRA MAIS CARA DE SE LIVRAR DOS RATOS!
CONTAREI ESSA PARA A CLARA. ELA DEVE ESTAR EM CASA AGORA...
NA CASA DE CLARA...
Z-Z-Z-Z-Z
PSIU... CLARA...
Z-Z-Z-Z-Z
ACORDAR ESSA GAROTA É MAIS DIFÍCIL DO QUE ARRANCAR MINHOCA EM PEDREIRA!
Z-Z-Z-Z
Z-Z-Z-Z-Z-Z

CLARA! ACORD...
UAU
HANN...
O QUE HOUVE?
EU QUERIA TE CONTAR UMA COISA...
ROAR
VOCÊ ESTÁ SE SENTINDO BEM?
HUM... ACORDEI COM O ESTÔMAGO EMBRULHADO...
VOCÊ TEM SORTE! SOU O MAIOR ESPECIALISTA EM ESTÔMAGO, BOFE E OUTROS MIÚDOS.
EMERGÊNCIA
ROAR
ROAR
FIQUE CALMA. VOU BUSCAR UM COPO PARA EXAMINÁ-LA.
COPO?
IAU!
....

SPLA!
NEM FOI PRECISO O COPO. ESTE VASO SERVE.
TIRE A BLUSA.
ROAR
DIGA 46,2.
EMERGÊNCIA
E OS 40% DE INFLAÇÃO?
INFLAÇÃO DE BURRICE É O QUE VOCÊ TEM!
É 38, SEU BURRO!
VOCÊ NÃO ENTENDE NADA DE ESTÔMAGO!
CLARO QUE ENTENDO. E JÁ DESCOBRI POR QUE VOCÊ ESTÁ COM O ESTÔMAGO EMBRULHADO
POR QUÊ? DIGA!
COLA
PORQUE VOCÊ DEVE TER ALMOÇADO PAPEL E BARBANTE

VOCÊ É UM... UM LOUCO! NÃO COMI NADA DISSO!
UÉ! QUE SERÁ ENTÃO?
VOCÊ NÃO É ALÉRGICA A CACHORROS, POR ACASO?
IMBECIL! MINÊ ESTÁ COMIGO FAZ TEMPO E SÓ HOJE TIVE PROBLEMAS DE ESTÔMAGO!
RARA
PODE SER ALERGIA RETARDADA.
RETARDADO É VOCÊ... O QUE SINTO É UMA COISA QUE VEM E VAI, AQUI, NO ESTÔMAGO.
VAI E VEM?
É ISSO AÍ.
VAMOS TIRAR TODA SUA ROUPA PARA FAZERMOS UMA BELA MASSAGEM!
EI! CALMA LÁ!
E POR QUE VOCÊ TAMBÉM PRECISA SE DESPIR?
SERÁ UMA MASSAGEM DE CORPO INTEIRO. COMPLETA.

PARA MASSAGEAR UM CORPO INTEIRO, SÓ OUTRO CORPO.
VAMOS COMEÇAR. VOCÊ DISSE QUE A COISA VAI...
VAI!
JÁ FUI
ENTÃO VEM...
VAI E VEM... VAI E VEM...
TÔ FAZENDO O POSSÍVEL QUERIDA...
VAI E VEM... AH! VAI... VAI... VAI MAIS!
DEPOIS DE MUITO VAI E VEM...
PAROU?
VOCÊ PAROU.
CONTINUA.

ENGRAÇADO. VAI E VEM... VOCÊ ENGOLIU UM ELEVADOR?
ELEVADOR, SONADINHO?
ROAR
NÃO SEI. FOI VOCÊ QUEM ENGOLIU...
ai!
ai!
NÃO ERA ELEVADOR! VOCÊ ENGOLIU AS DUAS PASSAGENS DE TREM, IDA E VOLTA, QUE COMPREI PARA IRMOS A SÃO ROQUE.
CRETINO! VOU FAZÊ-LO ENGOLIR UMA LOCOMOTIVA!
EMERGÊNCIA
FIM

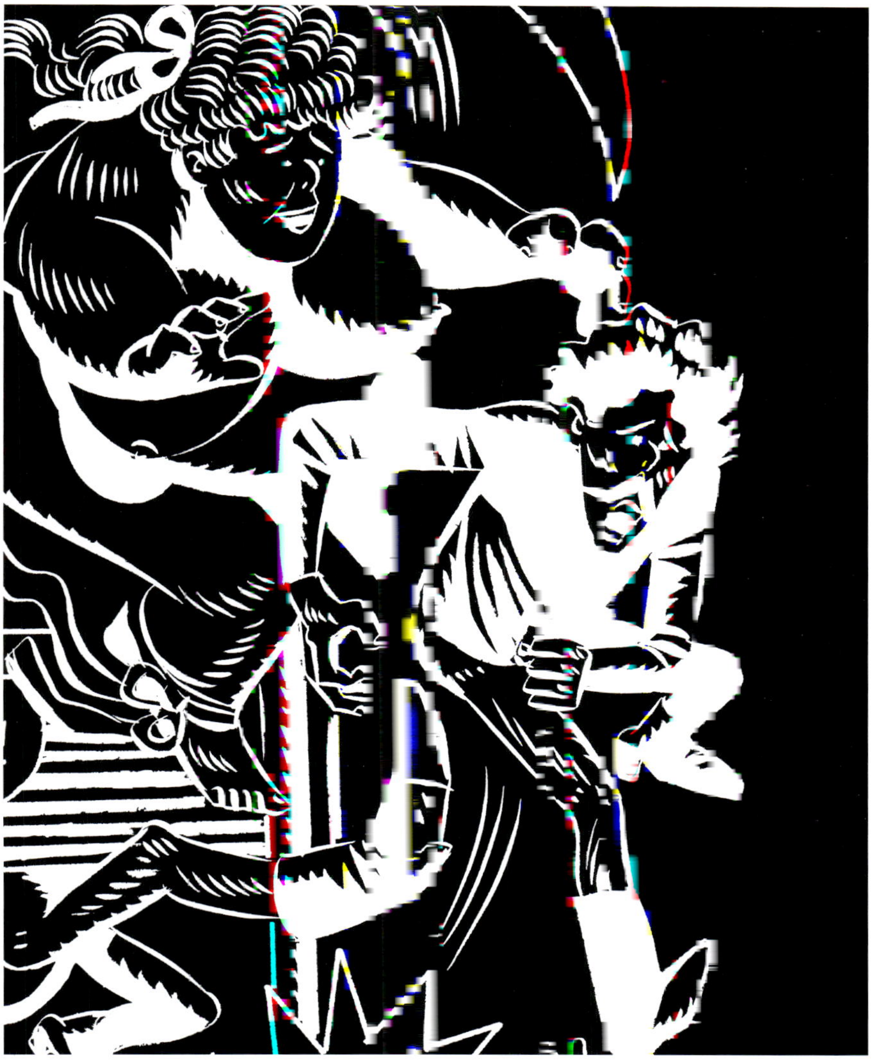

Em *Joaquim, o Magnífico*, Flavio Colin e Wilson Carlos Magno narram os apuros enfrentados pelo desavergonhado protagonista durante uma de suas “façanhas” amorosas. De quebra, os autores brincam com alguns termos da língua portuguesa de Portugal. Saiu originalmente na revista *Fantasia* 7, da editora Ninja, em 1990.

HOJE
JOAQUIM O MAGNÍFICO
TEXTO: APOREYMA
ARTE: SERNAMBY
PRODUÇÃO NACIONAL
CROWN • O MAGNÍFICO
QUE TAL SE FÔSSEMOS A ALGUMA BOATE AGORA, Ô PÁ?
COM VOCÊS?... MUITO OBRIGADA! EU GOSTARIA DE SAIR COM UM RAPAZ AUDACIOSO, TIPO CROWN.
MALUCAS! E QUEM LHES PAGOU O CINEMA? FOMOS NÓS OU ESSE TAL DE CROWN?
NÃO SE ABORREÇA, JOAQUIM. ELAS PREFEREM CARAS PEITUDOS, SACOU?
POIS TIVE UMA IDEIA MUITO GIRA! ESTA NOITE ENTRAREI NO APARTAMENTO DE ISABEL, PELA JANELA. ELA SE ASSUSTARÁ, PENSANDO QUE É UM LADRÃO!

QUANDO ELA ESTIVER BEM ASSUSTADA, TIRAREI A MÁSCARA E ISÁBEL CAIRÁ EM MEUS BRAÇOS.
ESTÁS LOUCO! ELA MORA NO TERCEIRO ANDAR!
QUANDO ME PROPONHO A FAZER ALGO, NÃO HÁ BARREIRAS INSUPERÁVEIS... MOSTRE-ME QUAL É O APARTAMENTO DELA.
SÓ GIRA MESMO! VAMOS LÁ...
AI, JESUS! A BRINCADEIRA É MAIS PERIGOSA DO QUE EU IMAGINAVA!
ISTO CÁ ESTÁ MAIS ESCURO DO QUE CHÃO DE BOTEQUIM! ESPERO QUE SEJA O DORMITÓRIO DA GAJA...
ISSO É UM ASSALTO! FIQUE DE BOCA FECHADA E VÁ PASSANDO AS JOIAS!
EPA.
AI QUE BOM, UM HOMEM! VENHA AOS MEUS BRAÇOS, QUERIDO!
NUNCA PENSEI QUE SERIA TÃO FÁCIL!

NÃO TENHO JOIAS, QUERIDO... MAS OS XEPEIROS DO MERCADO DIZEM QUE SOU UM CHUCHU...
AI, CACILDA! ERREI O APARTAMENTO!
CLIC!
ERROU NADA, QUERIDO. FAZ MAIS DE UM ANO QUE VENHO REZANDO PARA QUE ISSO ACONTECESSE.
SOLTE-ME! Ó RAIOS! SOLTE-ME!
SÓ SE VOCÊ PROMETER SER BONZINHO COMIGO! BONZINHO E AMOROSO...
ESTÁ BEM! MAS SAI DE CIMA QUE ESTÁS ME MATANDO!
PARA QUE VOCÊ NÃO FUJA, AMARRAREI UMA PERNA SUA A UMA PERNINHA MINHA.
MALDITA HORA EM QUE TENTEI IMITAR AQUELE ARTISTA DO CINEMA!
DEPOIS QUE ME SABOREAR, VOCÊ NÃO DESEJARÁ OUTRA COISA, MEU MASCARADO LINDO!
SE VOCÊ ME COLOCAR EM CONDIÇÕES DE SABOREÁ-LA, SERÁ UM MILAGRE!

VERÁ COMO EU SEI FAZER MILAGRES...
E NÃO É QUE ESTA BALEIA SABE DAS COISAS?
VIU COMO A SUA GORDUCHINHA É SENSUAL?... AGORA VENHA, VENHA, QUERIDO...
ORA POIS, POIS! JÁ QUE NÃO HÁ OUTRO REMÉDIO
OH, MEU AMOR! COMO VOCÊ ME FAZ FELIZ!
ATÉ QUE NÃO ESTÁ MAL, MAS EU PRECISO ME SOLTAR, RAIOS!
JAU
ESTOU... NO... NO PARAÍSO...
VOCÊ FOI TAMBÉM?
SIM... FOI COMO PASTA DE DENTES: PARA EJACULAR PRECISARAM ME ESPREMER TODO!

QUER QUE EU FIQUE POR CIMA, AGORA, MEU LADRÃOZINHO GOSTOSO?
NÃO, NÃO! ESTÁ MUITO BEM ASSIM!
VAMOS EXPERIMENTAR DESTE JEITO, ENTÃO?
É... ASSIM É MELHOR. SEMPRE QUIS CAVALGAR UMA BALEIA.
ENTÃO VENHA, QUERIDO. NÃO FAÇA LUXO.
SOLTE MINHAS MÃOS, SENÃO NÃO PODEREI ACARICIÁ-LA.
NÃO SEJA TÃO TÍMIDO! VOLTE PARA OS MEUS BRAÇOS E CASTIGUE-ME!
MAS NEM A PAU! UMA VEZ JÁ FOI DEMAIS!
SAI, AZAR!
VOLTE AOS MEUS BRAÇOS, BOBINHO! VOLTE!
TUM
OH, ESCAPOU-ME!

E AGORA? DESSE JEITO NÃO PODEREI DESCER A RUA...
ORA POIS, POIS! ALI ESTÁ A JANELA DE ISABEL. VOU DESCER PARA PEDIR-LHE AJUDA.
ISABEL, NÃO SE ASSUSTE. SOU EU, JOAQUIM...
O QUE VOCÊ QUER?
DEIXE-ME ENTRAR QUE EXPLICAREI... VOCÊ DISSE QUE GOSTAVA DE HOMENS CORAJOSOS...
PENSEI QUE GANHARIA O SEU AMOR SURPREENDENDO-A EM SEU QUARTO.
MAS VOCÊ ESTÁ PELADO!

OH, JOAQUIM! QUE SURPRESA AGRADÁVEL!
EU SABIA QUE VOCÊ IRIA GOSTAR.
AH, COMO EU ADORO HOMENS AUDAZES!
VENHA, MACHÃO! ATIRE-ME NA CAMA E ARREBENTE O MEU CORPO! SOU TODA SUA!
AI, JESUS! PARECE-ME QUE AQUELA BALEIA DESGRAÇADA ESGOTOU-ME!
MAS VOCÊ NÃO DEMONSTRA A MÍNIMA VONTADE...
DEIXE-ME EXPLICAR...
SUMA DAQUI! SEU FROUXO! EU GOSTO DE HOMENS AUDAZES, MAS POTENTES! SUMA!
VOCÊ NÃO ME DEIXOU EXPLICAR...
MAS QUE CAGUIRA! É A RONDA!
ALTO LÁ!
OUTRO IMORAL NA CIDADE!
MAS É UM ENGANO, SEU GUARDA! EU FUI ASSALTADO...
UMA BOA DESCULPA. VAI REPETI-LA PRO DELEGADO, NO CORRÓ! VAMOS, SEU CORROMPIDO!
FIM

Fadas, Fados e... é um quadrinho que desvirtua completamente os contos de fadas e traz um ser sacana em posse de uma linda garota, que precisa ser resgatada a todo custo por seu amado e a trupe que o segue. Resta saber quem é a maior beldade: a cativa ou seu salvador.

FADAS FADOS e...
NOS TEMPOS DA INQUISIÇÃO DOS 40 ANOS, GRUPOS DE BANDOLEIROS VIVIAM ÀS MARGENS DO TEJO, PARA ESCAPAR À SANHA DE DOM MANOEL JOAQUIM, O SACANA.
QUE REI SACANA!
-FLAVIO COLIN-
MANTÉM PRISIONEIRA AQUELA A QUEM DEDICO MEU AMOR.
VAMOS TOMAR O CASTELO.
NA VALENTONA, A GENTE TOMA. TEM QUE SER NA INTELIGÊNCIA.

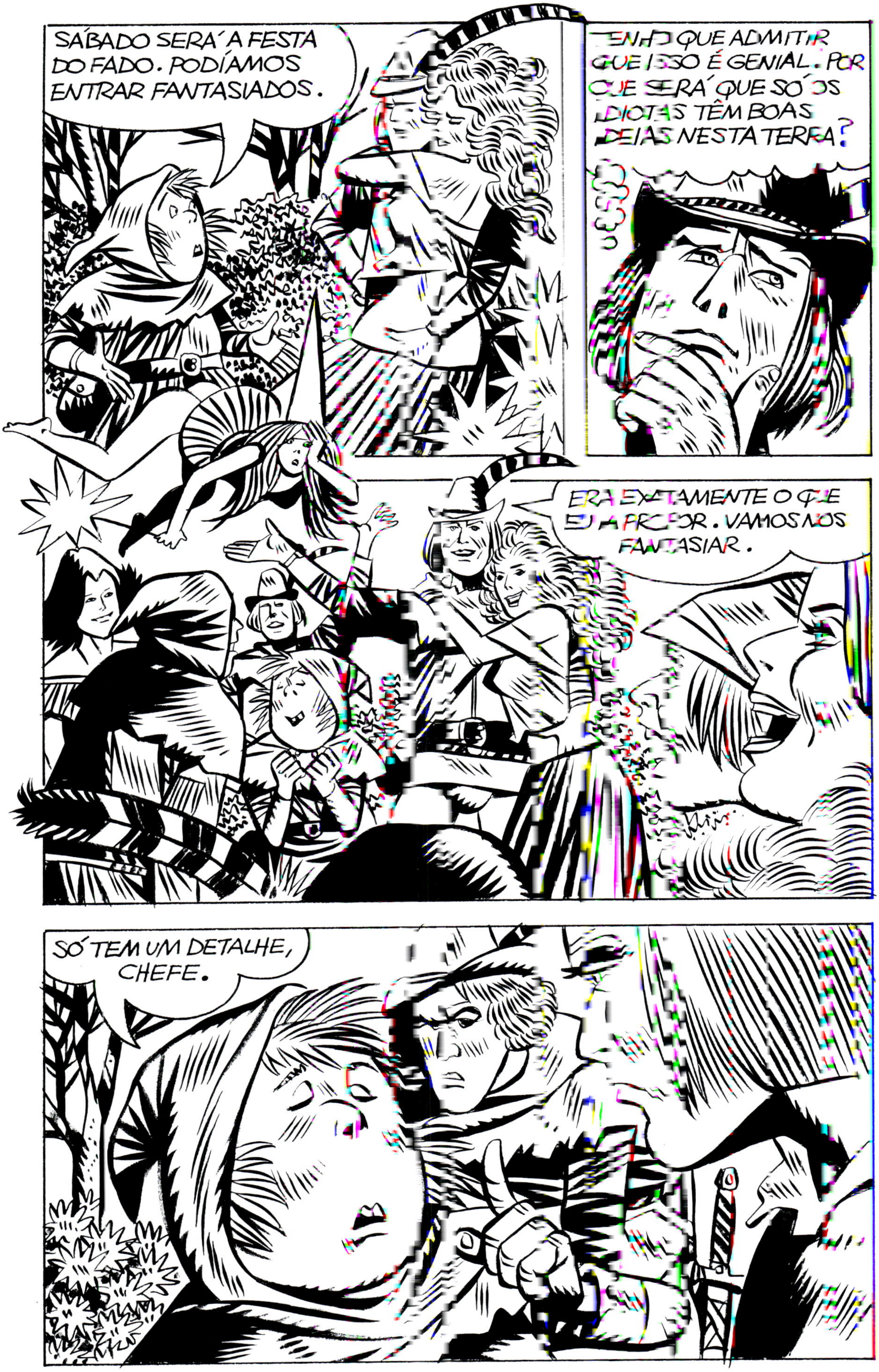
SÁBADO SERÁ A FESTA DO FADO. PODÍAMOS ENTRAR FANTASIADOS.
TENHO QUE ADMITIR QUE ISSO É GENIAL. POR QUE SERÁ QUE SÓ OS IDIOTAS TÊM BOAS IDEIAS NESTA TERRA?
ERA EXATAMENTE O QUE EU IA PROPOR. VAMOS NOS FANTASIAR.
SÓ TEM UM DETALHE, CHEFE.

ENQUANTO ISSO, NAS FRIAS MASMORRAS...
OH! QUANTO SOFRO POR ESTAR AQUI! MEU CORAÇÃO ATÉ SENTE VONTADE DE LANÇAR OS AFLITIVOS APELOS DE UM FADO.
OH! QUE TRISTE 'STAR CANTANDO QUANDO D'VIA 'STAR LÁ PAR O MEU AMOR DANDO.
OH! QUE MAVIOSA COTOVIA TRINA ATRÁS DA PORTA!
VOLTEMOS AO BOSQUE.
QUE DETALHE?

E DAÍ? ESCOLHE-SE ALGUÉM DO GRUPO QUE POSSA SE PASSAR POR MULHER, E PRONTO. INTRODUZIDO NOSSO HOMEM NO CASTELO, METADE DA BATALHA ESTÁ GANHA.
ENQUANTO ISSO, NAS FRIAS MASMORRAS...
LARGUEM-ME!
SE RESISTIR, TE FATURO UM OLHO.
SE VOCÊ ARROTEAR UM OLHO DELA, O REI TE CHUPA O FÍGADO.
VOLTEMOS AO BOSQUE...
MAS, LOGO EU, QUE SOU TÃO MACHO?

TOLINHO. FOSTE ESCOLHIDO PORQUE ÉS O MAIS BELO DENTRE NÓS, E PASSARÁS POR GENTIL DONZELA MAIS FACILMENTE QUE QUALQUER CARA OU MINA DO GRUPO.
MINHA MASCULINIDADE FICOU ABALADA. PRECISO PROVAR A MIM MESMO QUE AINDA CANTO DE GALO.
ENQUANTO ISSO, NO PALÁCIO...
SORTE TUA, DONZELA. AGRADASTE AO SOBERANO COM TUA VOZ FADOSA. FOSTE PREMIADA.
BELO PRÊMIO!

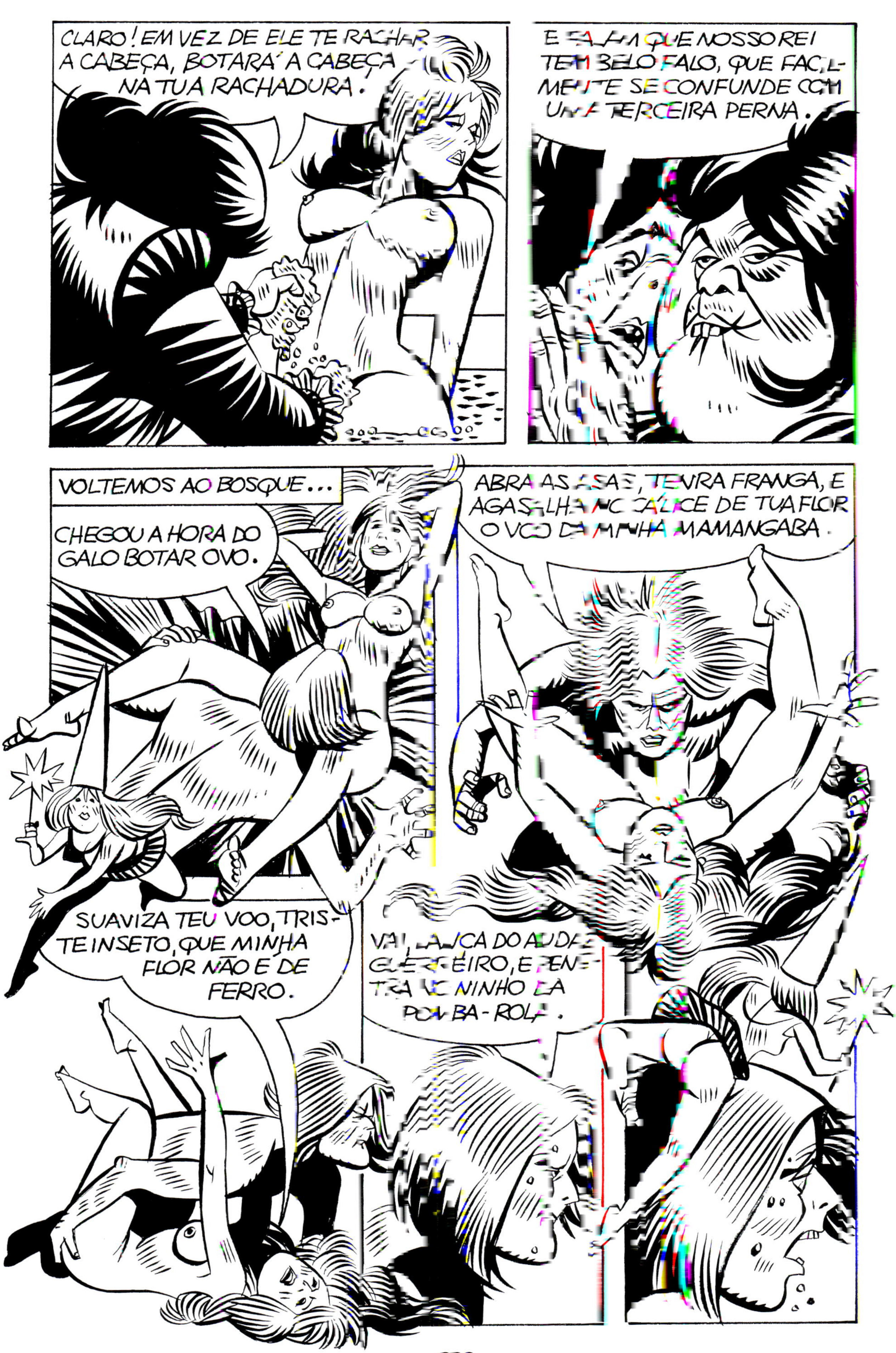

CLARO! EM VEZ DE ELE TE RACHAR A CABEÇA, BOTARÁ A CABEÇA NA TUA RACHADURA.
E FALAM QUE NOSSO REI TEM BELO FALO, QUE FACILMENTE SE CONFUNDE COM UMA TERCEIRA PERNA.
VOLTEMOS AO BOSQUE...
CHEGOU A HORA DO GALO BOTAR OVO.
ABRA AS ASAS, TENRA FRANGA, E AGASALHA NO CÁLICE DE TUA FLOR O VOO DA MINHA MAMANGABA.
SUAVIZA TEU VOO, TRISTE INSETO, QUE MINHA FLOR NÃO É DE FERRO.
VAI, LANÇA DO AUDAZ GUERREIRO, E PENETRA NO NINHO DA POMBA-ROLA.

ENQUANTO ISSO, NO PALÁCIO...
BELO CORPO TENS, NINFA, QUE TANTO AGRADOU AO NOSSO AMADO REI.
MAIS PELA VOZ QUE FADOU, PRIMOU O INTERESSE DO MONARCA. VÁ FADAR ASSIM NO SILVIO SANTOS!
E ELA FADA BEM?
NUNCA VI MULHER QUE FADASSE TÃO GOSTOSO.
COM UM CORPINHO DESSES, ATÉ EU.
PRONTO. AGORA, FADA-SE!
TAP!

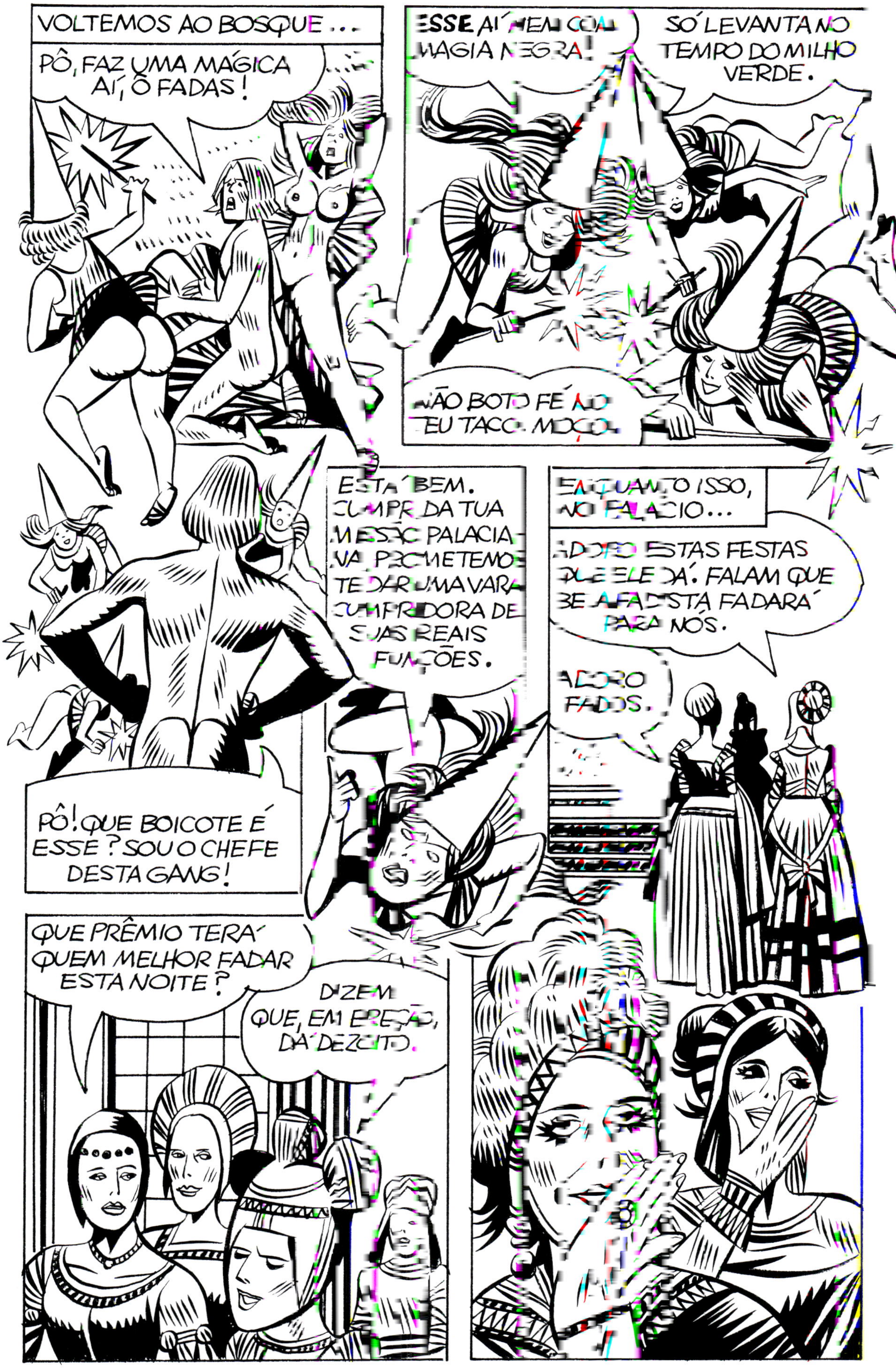
VOLTEMOS AO BOSQUE...
PÔ, FAZ UMA MÁGICA AÍ, Ó FADAS!
ESSE AÍ VEM COM MAGIA NEGRA!
SÓ LEVANTA NO TEMPO DO MILHO VERDE.
NÃO BOTO FÉ NO TEU TACO, MOÇO.
PÔ! QUE BOICOTE É ESSE? SOU O CHEFE DESTA GANG!
ESTÁ BEM. CUMPRE DA TUA MISSÃO PALACIANA, PROMETEMOS TE DAR UMA VARA CUMPRIDORA DE SUAS REAIS FUNÇÕES.
ENQUANTO ISSO, NO PALÁCIO...
ADORO ESTAS FESTAS QUE ELE DÁ. FALAM QUE BELA FADISTA FADARÁ PARA NÓS.
ADORO FADOS.
QUE PRÊMIO TERÁ QUEM MELHOR FADAR ESTA NOITE?
DIZEM QUE, EM EREÇÃO, DÁ DEZOITO.

VOLTEMOS AO BOSQUE...
PÔ, SACANAGE, NÃO.
AGORA, O BATÃO.
DETESTO SABOR MORANGO. NÃO TEM DE PÊSSEGO?
FIQUE QUIETO COM ESSA BOCA.
FICOU UM TROÇO!
Ó IRRESISTÍVEL MULHER, QUE FAZ MEU CORAÇÃO PALPIT...
AI!

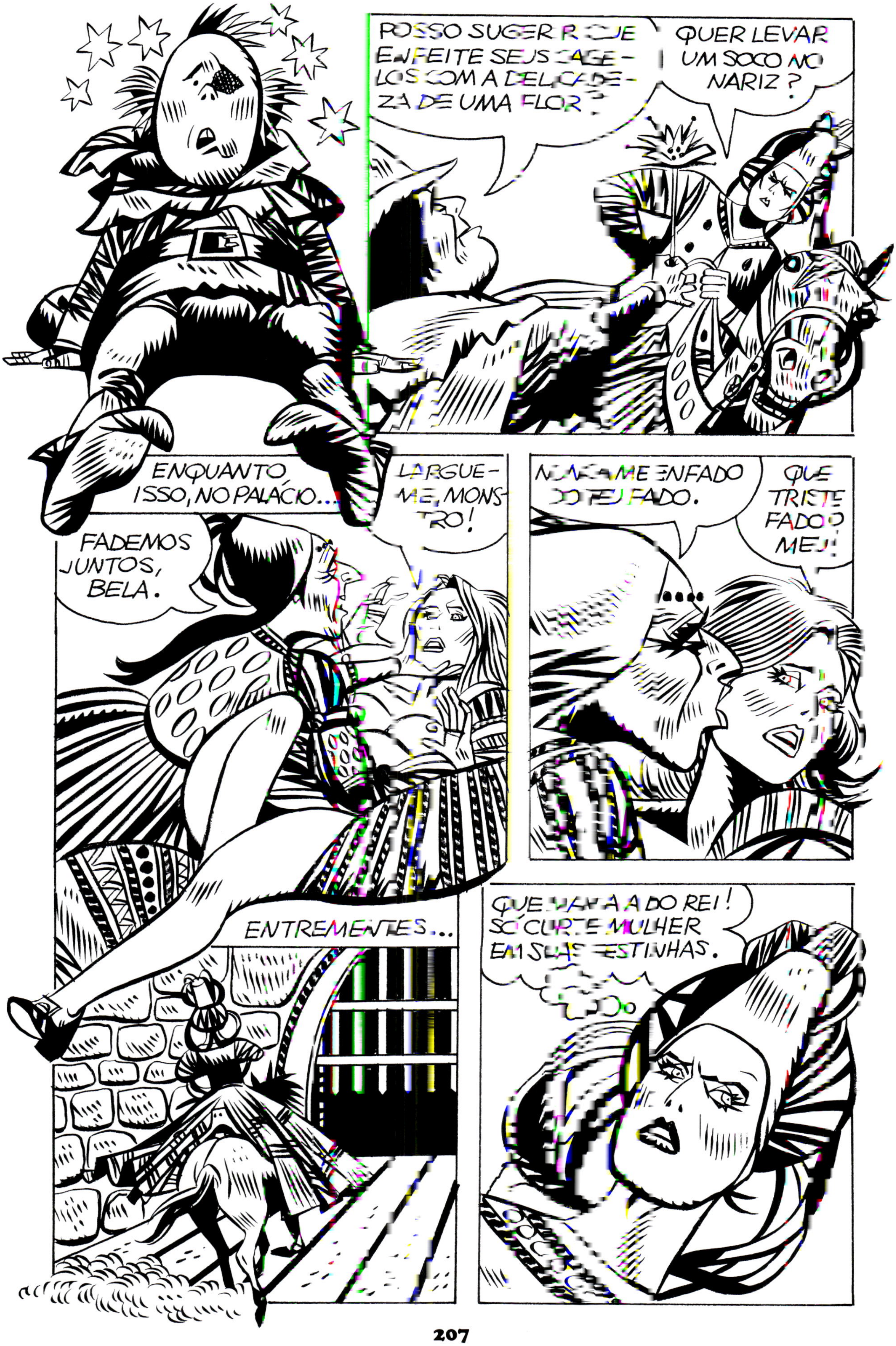
POSSO SUGERIR QUE ENFEITE SEUS CABE-LOS COM A DELICADE-ZA DE UMA FLOR?
QUER LEVAR UM SOCO NO NARIZ?
ENQUANTO ISSO, NO PALÁCIO...
FADEMOS JUNTOS, BELA.
LARGUE-ME, MONSTRO!
NUNCA ME ENFADO DO TEU FADO.
QUE TRISTE FADO O MEU!
ENTREMENTES...
QUE MANIA A DO REI! SÓ CURTE MULHER EM SUAS FESTINHAS.

PELO MENOS, VOU CURTIR UMA MULHERADA...
E AQUELA?
ENQUANTO ISSO...
MAJESTADE, CHEGOU UMA DONA BOA PACA. MELHOR QUE ESSA AÍ.
SÓ PODE SER MEU AMADO QUE VEIO ME SALVAR. NINGUÉM É MAIS BELA QUE ELE.
FADAS?
PARA O GASTO.
FADE PARA MIM.
AQUELA INGRATA QU'EU AMAVA E QUE ME ABANDONOU...

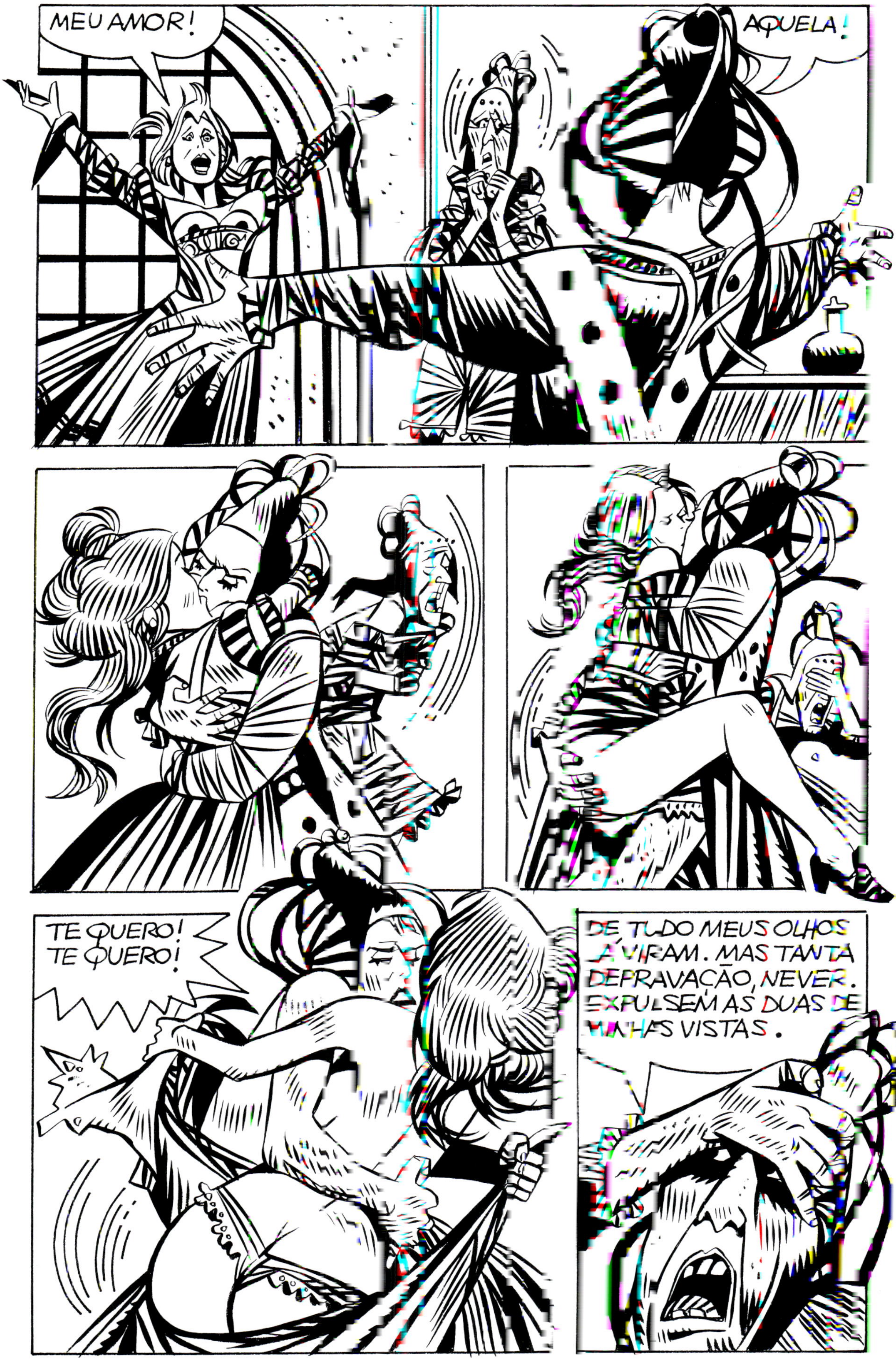
MEU AMOR!
AQUELA!
TE QUERO! TE QUERO!
DE TUDO MEUS OLHOS JÁ VIRAM. MAS TANTA DEPRAVAÇÃO, NEVER. EXPULSEM AS DUAS DE MINHAS VISTAS.

HUM... HUM... QUANTO TEMPO SEM!
QUE DOIS!
QUE RARA CAVALGADA, POTRO MEU!
NOS TEMPOS DA INQUISIÇÃO DOS 40 ANOS, GRUPOS DE BANDOLEIROS VIVIAM ÀS MARGENS DO TEJO, PARA ESCAPAR ÀS SACANAGENS DE DOM MANUEL JOAQUIM, O SANHUDO.
FIM

“HQ no Brasil é um sacerdócio, uma missão.”*
— Flavio Colin

A carreira do artista Flavio Colin se estendeu por mais de meio século e passou por diversos gêneros de quadrinhos, porém ele é pouco conhecido pelas gerações mais novas, em parte pela dificuldade de se encontrar seus trabalhos, espalhados por centenas de antologias e álbuns que, em sua maioria, estão fora de catálogo há muitos anos.

Eu me debrucei mais atentamente sobre a obra de Colin em 2018, quando preparava a exposição *Quadrinhos* para o Museu da Imagem e do Som (MIS), de São Paulo. Chamou a minha atenção a quantidade de artistas que citavam Colin como importante influência e a variedade de sua produção — de quadrinhos (milhares!) a telas, esculturas, ilustrações para livros didáticos, adaptações literárias, publicidade e muito mais.

Nos anos seguintes, procurei entrevistas e todo material disponível sobre a vida e a carreira de Colin, e encontrei um artista cujas marcas são tanto o talento quanto a resiliência. São inúmeros os relatos repletos de humor, com pitadas de amargura, sobre as dificuldades de se produzir quadrinhos no Brasil e, principalmente, de se produzir quadrinhos sobre o Brasil, sua história e sua gente — algo que ele defendia com a mesma paixão que colocava em todos os seus trabalhos, do mais comercial ao mais autoral.

Infelizmente, o Brasil é muito cruel com seus heróis, a ponto de raramente tratá-los como tal. E, diante dessa realidade, pensei em como poderia reverenciá-la e decidi escrever para Flavio Colin Filho, em janeiro de 2020, com a proposta de organizar uma exposição sobre a obra de seu pai. A ideia foi recebida com alegria por Flavio Filho e sua irmã, Katia, e seguida por um convite dos dois para que eu cuidasse também da gestão da obra de Flavio Colin, ficando responsável pelo acervo do artista. Apesar de nunca ter feito esse tipo de trabalho, o convite correspondeu à minha intenção inicial, abrindo a possibilidade de ajudar a viabilizar republicações e outras iniciativas para manter sua obra viva e disponível para os leitores.

Esta antologia faz parte da nova fase de divulgação e de valorização da obra desse grande mestre dos quadrinhos brasileiros e mundiais. Flavio Colin, com seu traço e trajetória tão únicos, merece toda a celebração e deferência por parte dos fãs de quadrinhos e da arte em geral.

Viva Colin!

Ivan Freitas da Costa
Curador da obra de Flavio Colin

Original de *Os Estranhos Hóspedes do Hotel Nicanor*.

Capa de *Os Três Mosqueteiros*, da editora Melhoramentos.

. . . .

(*) Citação retirada de uma entrevista concedida ao jornal *Folha de S.Paulo*, de 15 de janeiro de 2000. – N. dos E.

Mestre Flavio Colin

Flavio Colin, para mim, é uma palavra mágica. Tipo "Shazam", evocando de imediato um relâmpago que me conduz a uma viagem no tempo, com a cabeça girando dentro de um caleidoscópio de imagens em preto e branco, na qual a primeira cena é um quadrinho de *O Morro dos Enforcados*.

A primeira vez que vi trabalhos de Flavio Colin foi em 1972. Comprei na hora. Era um gibi em formato de bolso, com a história *O Morro dos Enforcados*. Poucos meses depois, tive a sorte de encontrar a edição de *Sepé*, publicada pela Cetpa, de Porto Alegre. Essas obras foram realizadas a pincel. O desenho de Colin tinha um preto e branco arrebatador e sua narrativa dinâmica se distinguia dos outros artistas da época. Ninguém no Brasil seguia a "escola caniffiana"* com tanta propriedade quanto ele. Esses trabalhos tinham sido realizados antes de o mestre entrar para a publicidade.

Foi naquele período que eu fui bater na porta da Editora Taika, levando minhas primeiras páginas de quadrinhos. O próprio dono, Manoel Cassoli, foi muito gente fina, atendendo ao meu pedido de conhecer originais de HQs. Ele me conduziu até uma estante que continha pilhas de originais publicados pelas editoras Continental e Outubro, os nomes anteriores da Taika.

E, surpresa, entre centenas de páginas, encontrei um quadrinho de terror de Flavio Colin, com artes feitas naquele estilo "soltão". Fiquei saboreando as pranchas até que começou a escurecer. As luzes estavam apagadas. Eu reuni as páginas e as coloquei de volta no lugar, com uma vontade danada de enfiar algumas delas dentro da minha pastinha de desenhos. Porque eu estava completamente sozinho lá. Mas não peguei nenhuma. Meses depois, fiquei sabendo que a Taika fora vítima de uma terrível enchente, transformando tudo o que era de papel em pasta.

Mas a minha história não acabou lá. Vinte anos depois (o que é a Lei da Atração!), em uma bela manhã, entrei em um sebo no bairro da Lapa. Selecionei uns vinte gibis para comprar, e encontrei em um canto, dentro de uma caixa de revistas estropiadas, um pequeno pacote envolvido por um saco plástico, contendo originais de HQs. Fui até o atendente e pedi para abrir o pacote, perguntando quanto custava. O cara me perguntou se eu ia levar todas as edições daquela pilha que eu tinha selecionado. Eu disse que sim. Então, ele me deu o pacote de desenhos originais como brinde pela compra! Perguntei como tinha

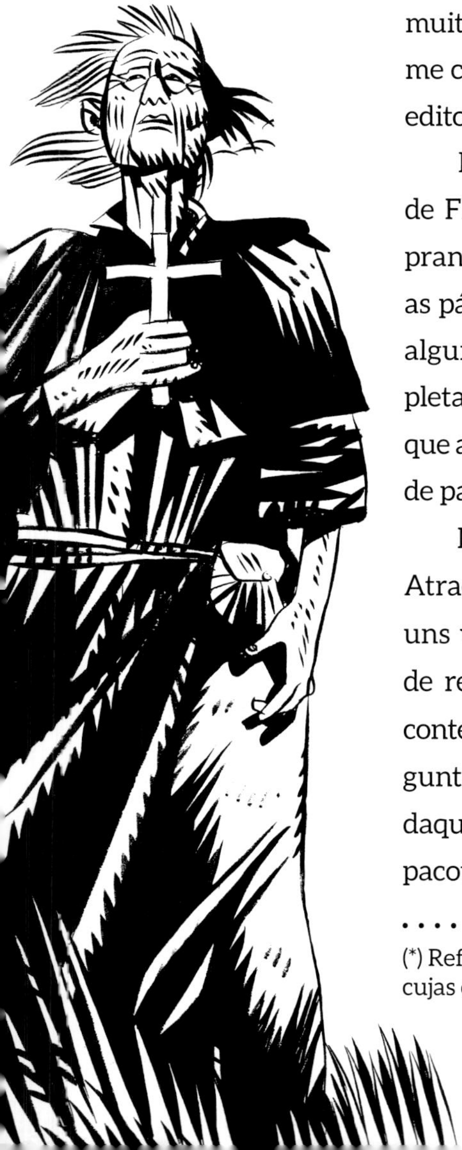

(*) Referência ao estilo consagrado de Milton Caniff (1907-1988), cartunista estadunidense cujas obras mais famosas são *Terry e os Piratas* e *Steve Canyon*. — N. dos E.

conseguido os desenhos, ele respondeu que tinha vindo junto de um grande lote de livros, que aquele pacote estava pegando poeira ali fazia muito tempo.

Eu agradeci e saí de lá com as pernas trêmulas. Entrei no carro e zarpei, virei em uma das ruas próximas e parei para abrir o embrulho que continha, entre muitos originais, uma prancha de Flavio Colin daquela mesma fase de terror da Editora Continental. Com aquelas pinceladas mágicas. Com manchas espessas de nanquim, formando até um suave alto-relevo, com um sutil brilho profundo de preto.

Colin foi trabalhar com publicidade na década de 1960, ressurgiu nos quadrinhos em meados dos anos 1970, em *O Grande Livro do Terror*, editado por Jayme Cortez. Novamente fazendo Sepé, em nova HQ, em novo estilo, usando pincel seco e figuras mais estilizadas. Uma técnica à qual não mais retornou.

No final da década de 1970, retornou com um novo estilo. Mais cômico, mesclando o acabamento a pena com o pincel. E criando quadrinhos primorosos. Tive a honra de conviver com Colin entre 1982 e 1985. Até realizamos uma obra em parceria para a *Mundo do Terror*, que eu editava.

Publicação lançada em 1978, pela Editora Argos, que marcou o regresso de Colin às histórias em quadrinhos.

Em 1987, o conheci pessoalmente quando veio a São Paulo receber o Troféu Angelo Agostini. Fui ao seu encontro na Rodoviária Tietê, pela manhã. Na sequência, fomos para minha casa, no bairro de Santana, onde ele escreveu os nomes dos ganhadores do Troféu Maciota, nos pedestais de madeira de cada peça, usando um pirógrafo. Foi outro momento inesquecível.

Grande Colin. Como foi divertido conversar com ele em muitos momentos. Trocar cartas, porque antes dos e-mails era o que existia. E dá-lhe interurbano para o Rio de Janeiro. E ouvir casos contados por ele, histórias dos bastidores dos quadrinhos... e suas palavras sobre seu ídolo Milton Caniff, de quem dizia ter influência.

Franco de Rosa
Editor e quadrinista

Inveja

Inveja é a palavra.

Sem essa de pecado capital.

Nem inveja boa ou ruim. A inveja é um sentimento humano e pronto.
O que você faz com esse sentimento depois, são outros quinhentos.
E nada de inveja branca.

Para quem não sabe (e pra deixar bem evidente, e não "claro"), termo(s) racista(s) pra caralho.

1. Então, (com uma pitada de ira) se tem vergonha na cara e/ou realmente vontade de aprender algo sobre e colocar em prática no seu cotidiano, pare de usar;

2. Então, caso se reconheça como alguém que reproduz vocabulário racista, se envergonha disso, tem intenção de aprender algo sobre e colocar em prática no seu cotidiano, pare de usar.

Reconhecimento em tempo

Voltando à inveja. Inveja de amigos, colegas e conhecidos que tiveram a oportunidade de troca pessoal com esse gigante, Flavio Colin. E me alegro por eles.

A primeira vez que me atentei ao nome dele, alguns meses após sua morte, acredito que em 2003, foi em aula, na Quanta Academia de Artes, numa conversa entre meus professores e amigos Marcelo Campos e Octavio Cariello.

Contextualizando, eu havia entregue minhas páginas para o álbum *Quebra--Queixo Technorama vol. 1*, que viria a ser minha publicação de estreia. E essa foi a primeira vez que compararam meu traço ao do Colin. Foi tão tocante e significativa a forma como a lembrança daquele nome mexeu com eles que não pude esquecê-lo. E, para quem não sabe, sou péssimo com nomes. Péssimo mesmo.

Então, conheci *Estórias Gerais* (daqui sigo com pieguices) e foi como se eu tivesse "tomado um caldo" e, debaixo da onda, girasse numa cambalhota infinita. Foi assim. E me dei conta do quanto foram generosos comigo.

Para quem pensa em encontrar, desenvolver, compreender identidade visual, com elegância e economia, Colin define. E conhecendo o quanto foi possível pra mim conhecer da sua obra, olhando para trás, esse sentimento se repetia, o fôlego faltava.

Colin se apresenta superando a contradição das palavras, versátil e icônico. E o que falar do que vai além da arte em seu resultado final? Prolífico, longevo, insistente, persistente, generoso, porque entregou muito mais do que recebeu. Que inveja.

Inevitável não se contaminar com tudo o que esse nome implica. Acredito que nem tive escolha. Colin se impôs como minha maior referência, mesmo eu já possuindo diversas outras enormes, gigantes referências, e continuando a colecionar outras tantas. Colin se impôs.

Se já não bastasse tudo isso, ele consegue significar mais. E explico: no Brasil, fazer HQ sempre foi algo condicionado a ondas de épocas e nichos. Além de integrar todas essas ondas de épocas e nichos, ele fez o quadrinho que queria fazer. Fora de nichos. Temática brasileira, apresentando e contemplando nessa ideia o pluralismo que isso implica. Através de causos, ficção histórica, cultural...

Particularmente, essa temática me atraiu, e mudou minha percepção e objetivos. Fazer “supers pra gringo” não era mais uma meta. Então, independentemente de se identificar com essa temática, na minha modesta opinião, Colin é o patrono do quadrinho brasileiro contemporâneo, dessa cena tão diversa e plural. Essa profusão de caminhos, ideias e estilos, dentro e fora de nichos, em que cada quadrinista brasileiro consegue ser tão único quanto se propõe a ser, cada qual com seu facão abrindo sua trilha de possibilidades... o mais único que for possível.

Toda homenagem e reconhecimento à sua contribuição lhe cabem, mas sempre lhe faltará a justiça em vida. Reconhecimento em tempo.

Acredito ter deixado bem explicitado que a influência vai além de semelhanças de soluções gráficas, no que eu falharia vergonhosamente. Ou sobre o tipo de quadrinho. É sobre a construção de um caminho singular e significativo, propositivo, honesto e objetivo, sem apropriações indevidas.

Inveja.

1. Inveja, porque único como o Colin, só Colin.
2. Inveja (com vaidade e preguiça), porque único como o Colin, não dá pra ser.

Jefferson Costa
Autor de Roseira, Medalha, Engenho e Outras Histórias

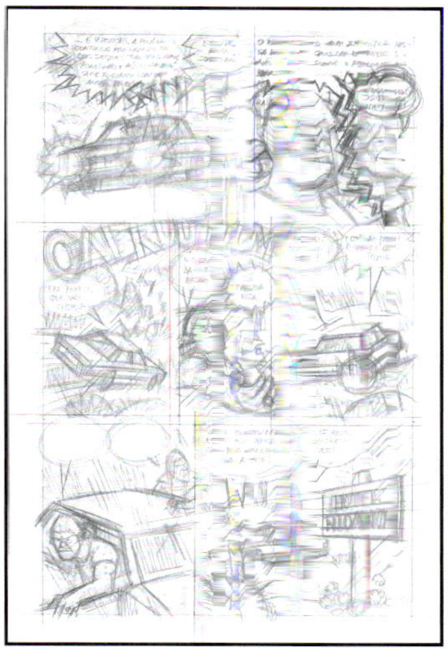

Páginas de esboços do quadrinho *Os Estranhos Hóspedes do Hotel Nicanor*, que mostram o dinamismo de Colin.

Meu pai, o “velho Colin”

Para mim, sempre será muito complicado falar do meu pai, simplesmente porque, além de pai, ele era um amigo, daqueles com quem você podia contar nos momentos bons e, principalmente, nos ruins.

Tenho várias lembranças dele, mas falarei apenas sobre uma delas, não porque foi a mais marcante, mas por sentir vontade de comentá-la.

Quando nos mudamos da casa de minha avó materna, fomos morar em uma casa de vila na rua Humaitá, no bairro de Botafogo, Rio de Janeiro. A construção não era muito grande e, como sempre, o quarto de empregada virou o estúdio dele.

Como a casa era antiga, o banheiro ficava na área externa e, muitas vezes, quando eu levantava para usá-lo de madrugada, via a luz do estúdio acesa e isso começou a me intrigar. Em uma dessas visitas ao banheiro durante a noite, resolvi ir até lá e falar com meu pai. Na minha total inocência, entrei e disse: “Oi, pai”, ele deu um pulo de susto e o pincel com nanquim riscou o desenho que estava fazendo... Naquele momento, senti a minha alma sair do corpo. Só me restou pedir desculpas com a voz já embargada.

Ele olhou para mim, depois olhou para o desenho, sem dizer uma única palavra. Meus olhos começaram a se encher de lágrimas e foi então que ele lavou o pincel no vidro com água que ficava na mesinha ao seu lado; enxugou-o e o guardou no pote junto aos demais. Então se levantou, apagou a luz da prancheta e perguntou com a sua voz grossa: “Por que você está acordado a esta hora?”

Eu, como um camundongo encurralado procurando um lugar para se esconder, com os olhos arregalados, expliquei. Mais uma vez ele olhou para mim e disse: “Eu já deveria ter parado... e esse desenho não estava bom, irei refazê-lo.” Passou a mão na minha cabeça, como um afago, e me levou até a cama, me cobriu, deu um beijo na minha testa e foi para o quarto dele.

Naquele dia, achei que levaria uma bronca gigantesca, mas esse era o meu pai... Ele não deixou em mim a marca das suas mãos, pelo contrário, marcou para sempre o meu coração e me deixou com a certeza de que ali estava o melhor exemplo a ser seguido: meu pai, o “velho Colin”!

Flavio Colin Filho

Mais uma vez, é com muito prazer que escrevo sobre meu pai, Flavio Colin. Sei que a minha visão sobre ele é bem diferente de muitas outras, pois ele sempre foi e será, claro, o meu pai. Aquele que muitas vezes era meu confidente, meu parceiro, aquele com quem aprendi a nadar, a observar o céu noturno... Momentos especiais nos quais discursar sobre a vida e a morte fazia parte das nossas conversas.

Com ele, aprendi muito, muito mesmo! Aprendi que a liberdade, a verdade e o caráter devem estar acima de tudo; aprendi que os nossos sonhos podem tornar-se realidade. Devo muito a ele. Em poucas palavras, não posso expressar tudo o que gostaria, não posso expressar toda a saudade que sinto.

Meu pai era mais do que pai. Era amigo.

Muito obrigada por tudo.

Fatia Colin